ANGÈLE

ŒUVRES DE MARCEL PAGNOL

Dans cette collection :

MARCEL PAGNOL
de l'Académie française

ANGÈLE

FORTUNIO

Editions de Fallois

Photographie de la couverture :
Saturnin : Fernandel
Au dos de la couverture :
Angèle : Orane Demazis
Albin : Jean Servais
dans le film *Angèle*.

Film réalisé en 1934 d'après le roman de Jean Giono,
Un de Baumugnes

© Marcel Pagnol, 1989.

ISBN : 2 - 87706 - 060 - 8
ISSN : 0989 - 3512

ÉDITIONS DE FALLOIS, 22, rue La Boétie, 75008 Paris.

DISTRIBUTION

Saturnin	FERNANDEL
Angèle	Orane DEMAZIS
Clarius	Henri POUPON
Louis	ANDREX
Amédée	DELMONT
Albin	Jean SERVAIS
Le rémouleur	BLAVETTE
Philomène	TOINON
Florence	Blanche POUPON

LA DOULOIRE

C'est une ferme modeste blottie dans le creux d'un petit vallon.

Sur le devant, un terre-plein aride encadré de murs bas en pierres sèches.

Au-delà, une maigre prairie, cernée par la pinède qui descend des collines brûlées de soleil.

Dans la petite cuisine, la famille finit de déjeuner.

CLARIUS

Angèle, y a du café?

ANGÈLE

Oui, père.

Angèle se lève et vient verser le café.

CLARIUS

Donnes-en à Saturnin.

SATURNIN

Merci, Maître.

Angèle regagne sa place à table.

CLARIUS

Pourquoi tu te disputais, ce matin, avec le Félix?

SATURNIN

Il avait encore amené sa truie pour le verrat. Alors, moi, j'ai pas voulu. Ça fait quatre fois qu'il l'amène.

CLARIUS

Qu'est-ce que ça peut faire s'il paie?

SATURNIN

Justement, il ne veut pas. Il a payé les cinq francs la première fois. Et au bout de huit jours il revient... Et il me dit : « C'est pas bon, c'est à refaire. » Je lui dis : « Qui te l'a dit? » Il me dit : « Moi je le sais. » Je lui dis : « Et comment tu le sais? Tu n'es pas dans la peau de ta truie, tu ne peux pas savoir ce qui s'y passe! » Enfin, il insiste, et moi je dis oui, et il laisse encore sa truie pendant deux jours. Et puis, ce matin, le voilà qui revient encore. Et il ramène encore sa truie! Alors moi, je lui dis : « Félix, ça se peut que ta truie soit folichonne et que tu l'amènes ici pour son plaisir; mais moi, mon verrat, je veux pas qu'on me le fatigue. Ta truie est une cochonne et elle va nous le tuer. Je veux plus. » Alors, il me dit : « Ton verrat, il est bon à rien. »

CLARIUS *(stupéfait)*

Il a dit ça?

PHILOMÈNE *(blessée)*

Eh bien, il en trouvera souvent des verrats comme le nôtre!

C'est ce que je lui ai dit. Je lui ai dit : « Notre verrat, c'est une bête de premier ordre, et forte, et courageuse, et tout. » Alors il me dit : « Il est faible des reins, ton verrat. » Alors moi, je lui dis qu'il est un menteur. Alors, il me dit que je suis un enfant de l'Assistance publique. (*Il s'exalte peu à peu, et se frappe la poitrine.*) Alors je lui dis : « Oui, c'est vrai que je suis un enfant de l'Assistance publique et que c'est Maître Clarius qui m'a élevé, et que je leur dois tout, et que c'est pour ça que je veux pas qu'on dise du mal d'aucune personne de la famille et surtout de notre verrat! »

PHILOMÈNE

Calme-toi, Saturnin!

ANGÈLE

Tiens, bois ton café.

SATURNIN

Alors, il me dit : « Ton verrat, ce n'est pas un homme. » Alors moi, je grince des dents et comme il venait de tourner le dos avec sa truie, moi je lui fous un coup de pied au derrière.

PHILOMÈNE

A Félix?

SATURNIN

Non, à la truie. Alors, Félix a voulu me frapper, mais moi, je suis entré chez le verrat, et le Félix a eu peur d'y venir et il est parti. Et voilà.

CLARIUS

Bon, tu as bien fait. Si notre verrat n'est pas bon, il n'a qu'à s'en occuper, lui, de sa truie!

Angèle met son chapeau.

CLARIUS

Où vas-tu?

ANGÈLE

Je vais jusqu'aux Douces, chez la tante Phrasie, chercher des poulets, et en revenant, ce soir, je ferai les provisions au village.

CLARIUS *(à Saturnin)*

Tu as attelé le mulet?

SATURNIN

Oui, Maître.

PHILOMÈNE

Tu as la liste?

ANGÈLE

Oui, maman.

CLARIUS

Qu'est-ce que tu ajoutes?

ANGÈLE

Votre tabac, père... Deux paquets ou un paquet?

CLARIUS

Deux paquets.

ANGÈLE *(sur la porte)*

Vous fumez trop...

Elle sort.

CLARIUS

Elle en a du toupet! Philomène, tu l'as mal élevée.

PHILOMÈNE

Au contraire, Clarius. C'est parce que je l'ai bien élevée qu'elle t'aime. Et puis, si tu ne la gâtais pas tant, elle te dirait pas ce que j'ose pas te dire. Et ça serait bien malheureux.

CLARIUS

Saturnin, je fume trop?

SATURNIN

Non, Maître.

CLARIUS

Pourquoi tu dis non, puisque tu sais que je fume trop?

SATURNIN *(effaré)*

Je sais pas.

CLARIUS

Alors, ça ne te fait rien de ne pas dire la vérité?

SATURNIN

Vous savez, pour moi, la vérité c'est ce qui vous fait plaisir.

CLARIUS *(souriant)*

Qué grand couillon! Prends encore un peu de café, va. *(Il se lève.)* Té, je vais profiter de la voiture pour me faire porter jusqu'au pré. A ce soir!

DEVANT LA FERME.

Angèle détache le mulet, monte dans la voiture.

Le père sort de la ferme. Il monte également dans la voiture. Angèle fouette le mulet qui s'en va. Saturnin sort de la ferme et prend le raccourci.

Au bord d'un champ, Angèle arrête le mulet. Clarius descend.

CLARIUS

Tâche de rentrer avant la nuit. A ce soir, petite.

ANGÈLE

A ce soir.

Elle part.

AU BORD DE LA ROUTE

Saturnin aperçoit Angèle. Il agite son chapeau.

SATURNIN

Demoiselle, Demoiselle.

ANGÈLE *(elle arrête la voiture)*

Qu'est-ce qu'il y a?

SATURNIN

Ecoute, Demoiselle, j'ai pris le raccourci, à toute vitesse, pour te dire un secret.

ANGÈLE

Encore un. Tu as toujours de grands secrets à me dire. Eh bien, dis-le-moi ton secret.

SATURNIN *(mystérieux)*

Demoiselle, voilà ce qui se passe. Un quelqu'un est venu me voir. C'est celui de la Badauque. Le fils...

ANGÈLE

Elzéar?

SATURNIN

Oui, l'Elzéar. (*Très gêné*.) A ce qu'il paraît que, un dimanche, tu as dansé quatre fois avec lui.

ANGÈLE

C'est bien possible.

SATURNIN

A ce qu'il paraît qu'il t'a embrassée.

ANGÈLE

Peut-être.

SATURNIN

Hum... Bon, bon. Alors, il est venu me voir. Et il m'a dit : « Saturnin. » J'y ai dit : « Oui. » Et alors, il me dit (*à voix basse*) : « Saturnin! » J'y dis : « Oui. » (*A voix plus basse encore*.) Et alors, il me dit...

ANGÈLE *(à voix très basse)*

Saturnin!

SATURNIN

Non, il me dit : « Je suis malheureux. » Je lui dis :
« Voui, je m'en fous. Toi tu es malheureux. Moi, je
suis très heureux. Alors je m'en fous. »

ANGÈLE

Ce n'est pas gentil.

SATURNIN

Attends. Alors, il me dit : « Tu veux savoir
pourquoi je suis malheureux? » Alors je lui dis :
« Non. » Alors il me dit *(avec passion)* : « J'aime
Angèle. Je l'aime. » Alors je lui dis : « Il n'y a pas
que toi. »

ANGÈLE

Et qui c'est qu'il y a?

SATURNIN

Il y a ton père, il y a ta mère, et il y a moi. Et
alors, il me dit...

ANGÈLE

Il te dit : « J'aime Angèle. »

SATURNIN

C'est ça. Il me dit : « J'aime Angèle, je veux me la
marier. » Je lui dis : « Marie-toi-la. Qu'est-ce que tu
veux que j'y fasse? » Alors il me dit : « Saturnin, il
faut que je la demande à son père. Mais avant de la
demander, je veux savoir si ça lui plaît, à elle. »
Alors je lui dis : « Tu n'es pas bête. » Alors il me dit :

« J'ai compté sur toi pour que tu lui demandes. » Et alors voilà, je te le demande. Et voilà.

ANGÈLE

Il est bien gentil, Elzéar.

SATURNIN *(sans enthousiasme)*

Oui, il est gentil.

ANGÈLE

Il est riche?

SATURNIN

Oh! riche. Ils ont quelques champs, une bonne ferme, c'est vrai. Mais après tout, c'est une ferme.

ANGÈLE

Eh bien, qu'est-ce que tu veux que ce soit?

SATURNIN

Ça c'est vrai. Une ferme c'est une ferme; mais c'est qu'une ferme.

ANGÈLE

Et moi, je suis née dans une ferme.

SATURNIN

Oui, mais tu ne peux pas y rester toute la vie. Tu es une princesse, toi. Il ne te faut pas un paysan.

ANGÈLE

Qu'est-ce qu'il me faut, alors?

SATURNIN

Un Monsieur qui a le col tous les jours, avec la cravate à ressort. Un Monsieur qui a les souliers (*il montre sa cheville*) coupés ici, tu sais? Enfin, un Monsieur de la ville.

ANGÈLE
Je n'en vois jamais.

SATURNIN
Ecoute. Si tu venais à Aubagne, avec moi, quand je vais faire les grandes provisions, tous les mois, tu en verrais. Il y a le fils du quincailler, il y a celui du bureau de tabac, il a vingt-cinq ans peut-être et il a plein de poils sur les mains. (*Avec enthousiasme.*) Et il a des dents grosses comme ça; il est super. Enfin, ça, nous en reparlerons. Alors, pour l'Elzéar, tu m'as dit de lui dire non.

ANGÈLE
Pourquoi? Je ne t'ai rien dit du tout.

SATURNIN
Puisque tu veux que je lui dise non, je lui dirai non. Voilà tout.

ANGÈLE
Bah! Dis-lui ce que tu voudras, je suis heureuse comme je suis.

SATURNIN
Bon, maintenant je vais à la vigne un peu lui tailler les sarments. A ce soir, Demoiselle.

Ils se quittent.

SOUS UN OLIVIER DANS LE PRÉ

Clarius est assis à terre. Entre les jambes écartées, il tient la petite enclume à aiguiser les faux. Il aiguise sa faux à petits coups. De chaque côté, l'un debout, l'autre assis sur une bûche, deux paysans. Un silence où Clarius s'applique à amincir le tranchant de sa faux. Puis, brusquement, il lève la tête.

CLARIUS

Et pourquoi vous allez pas au Juge de Paix? Lui, il aura vite fait de vous mettre d'accord.

ROUMANIÈRES

Bon Diou, avec le Juge, on n'a jamais fini. Tandis qu'avec toi, c'est simple : on te dit notre affaire, tu y penses un moment, et tu nous dis ton jugement.

CLARIUS

Mon jugement! Je ne suis pas juge, moi.

BELLUGUES

C'est pas la robe qui fait les Juges, Clarius, c'est pas la robe, c'est la Justice, et la Justice, toi, tu l'as. Ecoute, tu l'as fait dix fois pour les autres. Pourquoi tu veux pas le faire pour nous?

CLARIUS

La dernière fois, c'était ceux de Peypin qui étaient venus me trouver pour l'héritage de la Miette. Ils étaient pas d'accord pour le partage, naturellement. Moi, je voulais pas m'en mêler. Mais enfin, ils ont tellement insisté, que j'ai fini par faire le Juge. Ils ont bien fait comme j'y ai dit. Seulement, après, le petit de Caderousse, le boiteux, il a dit que j'avais mal jugé, que je lui avais fait du tort, il s'est fâché avec moi. Oui, Monsieur, il ne me parle plus. Il m'a retiré la parole.

ROUMANIÈRES

Oh! le petit de Caderousse, peuchère, il n'est pas boiteux que des jambes, il est boiteux de son esprit aussi. Il ne faut pas y faire cas.

BELLUGUES

Et puis, nous, ce n'est pas une affaire d'héritage. C'est à cause du pré, il veut cinquante francs de trop!

ROUMANIÈRES

Ecoute, c'est lui qui veut donner cinquante francs de moins. Tu sais que moi, j'ai pas voulu faire le paysan. Je fais le rémouleur couteaux, ciseaux, rasoirs. Alors, mon père m'a laissé un petit pré, et je l'ai loué à Bellugues, et alors...

CLARIUS

Attends. Puisque l'affaire n'est pas très grave, je veux bien juger pour vous mettre d'accord. Mais d'abord, je pose mes conditions. Vous allez me dire la chose chacun son tour... Et quand j'aurai jugé, vous dites plus rien, et vous ferez comme j'aurai dit.

BELLUGUES

Oui, nous ferons comme tu auras dit.

ROUMANIÈRES

C'est d'accord.

18

CLARIUS

Et après vous vous serrerez la main de bon cœur.

ROUMANIÈRES

Ah! ça non, nous sommes fâchés. Nous sommes fâchés à mort.

CLARIUS

Depuis quand?

ROUMANIÈRES

Depuis hier soir. Nous ne nous parlons plus.

CLARIUS

Comment? Vous êtes venus jusqu'ici ensemble et vous êtes fâchés?

ROUMANIÈRES

Nous sommes venus ensemble, mais nous ne nous sommes pas parlé.

BELLUGUES

Moi j'y parle; mais il me répond pas. Quand j'y parle, il chante. Autrement, je suis pas fâché, moi.

CLARIUS

Ecoute, lui, puisqu'il est fâché, je comprends qu'il ne veuille pas te toucher la main d'un seul coup.

ROUMANIÈRES

Non, non. Ça non.

BELLUGUES

Tu vois, Clarius, tu vois la méchanceté?

CLARIUS

Ecoute, Roumanières. Il y a bien longtemps que tu connais Bellugues?

ROUMANIÈRES

Oui, il y a longtemps.

CLARIUS

Tu n'as pas fait le service militaire avec lui?

BELLUGUES

Oui, à Toulon.

ROUMANIÈRES

Au 112.

CLARIUS

C'était ton ami depuis longtemps.

ROUMANIÈRES

C'était mon ami.

CLARIUS

Alors tu veux perdre un ami pour cinquante francs? Tu ne les vends pas cher tes amis. Ça vaut plus que ça un ami.

BELLUGUES

Surtout moi.

CLARIUS

Allez, vaï, serrez-vous la main.

ROUMANIÈRES

Mais maintenant je lui ai dit que j'étais fâché à mort.

CLARIUS

Eh ben, dis-lui que tu es ami pour la vie!...

BELLUGUES

Allez, vaï, Tonin, fais pas le couillon.

ROUMANIÈRES

Ecoute, Bellugues, je te touche la main; mais rappelle-toi que c'est la dixième fois que nous nous fâchons! Il ne faut plus que ça recommence.

BELLUGUES

Oh! Ça recommencera, si le Bon Dieu nous fait vivre longtemps. Mais pour aujourd'hui, c'est fini.

Ils se serrent la main.

CLARIUS *(debout avec sa faux, la pierre à la main)*

Et maintenant, dites-moi votre affaire.

ROUMANIÈRES

Oh! maintenant, c'est plus la peine. Il voulait donner que deux cents francs, ça va, j'accepte.

BELLUGUES

Rien du tout. Tu voulais deux cent cinquante, je te les donne.

ROUMANIÈRES

Et si je les veux pas?

BELLUGUES

Alors pourquoi tu les voulais? Tu sais ce que tu veux?

ROUMANIÈRES

Oui, je le sais. Je veux deux cents.

Et moi, je suis assez riche pour te donner deux cent cinquante.

ROUMANIÈRES

Ô coquin de pas Dieu!

BELLUGUES

Tu vois, Clarius, tu vois la méchanceté.

CLARIUS

Silence, approchez-vous. Bellugues donnera deux cent vingt-cinq francs et Roumanières les acceptera. Ça va comme ça? Et maintenant, laissez-moi travailler.

ROUMANIÈRES

Tu vois que j'avais raison. Il me donne plus de deux cents.

BELLUGUES

Tiens, c'est moi que j'avais raison, il te donne moins de deux cent cinquante francs.

CLARIUS

C'est parce que vous aviez raison tous les deux.

Ils s'en vont tous les deux.

DANS UN CHAMP

Près d'une énorme charrue à défoncer, trois ouvriers agricoles sont assis dans l'herbe. L'un d'eux joue de l'harmonica.

AMÉDÉE

Où c'est que tu as appris ça?

ALBIN

Chez moi. Moi, je suis de Baumugnes.

LOUIS

Où c'est ça, Baumugnes?

ALBIN

Là-haut, dans la montagne.

LOUIS

Oui, il a bien l'air d'un gavot.

AMÉDÉE

C'est grand?

ALBIN

Non, c'est pas grand... C'est dix maisons peut-être, et la forêt... Ils ne sont pas cinquante; mais ils savent tous jouer de l'harmonica.

AMÉDÉE

Est-ce que c'est une mode?

ALBIN

Non, c'est pas une mode, ça vient de loin... C'est les anciens, les pères de nos grands-pères.

LOUIS

Il en a lui de la famille!

ALBIN

Ils étaient protestants, tu comprends. Alors les autres leur ont coupé le bout de la langue, pour qu'ils ne puissent plus chanter le cantique. Et après, d'un coup de pied au cul on les a jetés sur les routes, sans maison, sans rien... Allez-vous-en...

AMÉDÉE

Quelles vaches!

ALBIN

Et alors, eux, ils ont monté dans la montagne, tout droit devant eux... Et ils sont arrivés contre le ciel, et comme il y avait encore un peu de terre, ils ont fait Baumugnes. Seulement, ils ne pouvaient pas parler. Alors ils ont inventé de s'appeler avec des harmonicas...

AMÉDÉE

C'est quand même une drôle d'idée. Mais quoi, chacun parle comme il peut...

LOUIS

Oui, quand on peut pas le dire, on le siffle!

ALBIN

A ce qu'il paraît qu'ils pouvaient tout dire. Ils enfonçaient l'harmonica profond dans la bouche pour jouer avec le petit bout de langue qui leur restait... Et ils appelaient la ménagère, les petits, les poules, la vache... Et tout ça avait l'habitude et comprenait... Enfin, plus tard, il est né des petits qui avaient une langue entière... Mais quand même, nous, on a gardé l'habitude...

Un tracteur approche à reculons.

AMÉDÉE *(il se lève)*

Tiens, ça c'est pour nous.

Ils se lèvent. Amédée et Louis attachent les chaînes à la charrue. Puis Louis fait des signes au mécanicien.

LOUIS

Allez, fondu! Vas-y!

On voit Amédée et Albin sur la charrue à défoncer.

LA DOULOIRE

Clarius descend avec une faux sur l'épaule. Il s'arrête devant la maison.

CLARIUS

La petite, elle est rentrée?

PHILOMÈNE

Pas encore.

SUR LA PLACE DU VILLAGE

Angèle sort d'une maison. Elle monte en voiture et part.

ANGÈLE AU CAFÉ

Louis, Amédée et Albin sont à la terrasse. Ils boivent l'apéritif. Angèle arrête la voiture devant le café, attache le mulet, et passe à côté des hommes.

LOUIS

Tu as vu la gosse?... Dis donc, c'est une poupée comme ça qu'il me faudrait à moi!

AMÉDÉE

Tu n'es pas dégoûté, toi!...

ALBIN

Une fille comme ça? Et qu'est-ce que tu en ferais? Tu ne gagnes pas assez pour la nourrir!

LOUIS

Ô pauvre santon! C'est pas pour la nourrir que je la voudrais, ça serait plutôt pour qu'elle me nourrisse. (*A Amédée.*) Dis donc, il est jeune le gavot de la montagne! (*Un temps.*) Cette cochonnerie de travail, ces tracteurs, ça pue, ça fait trop de bruit. C'est pas fait pour moi, non très peu. C'est pas une vie. Il faut être l'andouille née de l'andouille pour s'accoutumer. C'est bon pour toi. Mais moi, je suis de La Marsiale, et je sais nager. (*Comme s'il se parlait à lui-même.*) Ce qu'il me faudrait, tu vois, c'est une femelle dans le genre de celle de la voiture. Ça, mon vieux, c'est de l'or. Tu y paierais pour cinquante balles de fringues d'étalage, des dessous d'attaque, un promenoir à l'Alcazar, et au boulot! Un jour dans l'autre, ça te rapporterait dans les trois cents balles, tous frais payés...

Angèle ressort du café, monte dans sa voiture et part. Louis appelle la petite servante.

LOUIS

Dis, petite, où il est ton vélo?

Derrière les fusains.

LOUIS

Je le prends jusqu'à ce soir. (*Aux autres.*) Les amis, je vais faire un tour.

Il se lève et s'en va.
Angèle, dans la voiture, sur la route. Le Louis la suit, en vélo.

À LA TERRASSE DU CAFÉ

ALBIN

Et où il va comme ça?

AMÉDÉE

Moi, j'ai idée que ce gars-là, c'est peut-être la première fois qu'il travaille. Il a dû faire quelque chose de sale, et s'il a changé d'air pour quelque temps, eh bien, c'est peut-être à cause de la police...

ALBIN

C'est bien possible.

AMÉDÉE

Ça n'a pas de nerf, c'est jeune, c'est creux comme un mauvais radis... Et toujours à s'en prendre au Bon Dieu... Comme si c'était lui le responsable... Et avec ça, il se fait des accroche-cœurs en se trempant les cheveux dans les fontaines... Et il se fout du parfum sur la gueule comme une femme de peu... Té, c'est un cochon, voilà ce que c'est...

Albin joue de l'harmonica.

ANGÈLE SUR LA ROUTE

Le mulet marche au pas. Le Louis arrive derrière, en vélo. Il dépasse la voiture et s'arrête pour allumer une cigarette. Quand elle arrive à sa hauteur, il l'interpelle.

LOUIS

Pardon, Mademoiselle, est-ce que vous pouvez me dire où on va par ce chemin?

ANGÈLE

Si vous continuez tout droit, vous allez jusqu'à Meyrargues.

LOUIS

C'est loin d'ici?

ANGÈLE

Douze kilomètres. C'est dans l'autre vallée, der-rière la colline.

LOUIS

Vous allez jusque-là, vous?

ANGÈLE *(qui se ferme brusquement. Elle a compris)*

Non, je n'y vais pas.

LOUIS

Où c'est que vous allez?

ANGÈLE

Chez moi.

LOUIS

C'est loin, chez vous?

ANGÈLE

Non, c'est tout près.

LOUIS

Alors, vous habitez la campagne?

ANGÈLE *(sèchement)*

Oui. (*Elle fouette le mulet.*) Hue!

Le Louis la suit avec le vélo. Il la rattrape, et se tient d'une main à la voiture.

LOUIS

Vous avez peur de moi? Pourquoi?

ANGÈLE

Tant que j'ai mon fouet à la main, ce n'est pas vous qui me ferez peur. Qu'est-ce que vous me voulez?

LOUIS

Rien de mal, quoi. Je voudrais vous parler cinq minutes. Il n'y a pas de crime!

ANGÈLE

Il n'y a pas de crime; mais ça ne sert à rien.

LOUIS *(sentimental)*

Peut-être que pour vous, ça ne sert à rien; mais pour moi, c'est très important. Je vous connais, vous savez, je vous connais même très bien... Je vous ai vue souvent...

ANGÈLE

Moi? Et où c'est que vous m'avez vue? Moi, en tout cas, je vous ai jamais vu avant ce soir.

LOUIS

Parce que je voulais pas me montrer. (*Poétique.*) Des fois, on regarde quelqu'un, de loin, et on n'ose pas se montrer...

ANGÈLE

Pourquoi?

LOUIS

Arrêtez-vous une minute, et je vous le dirai franchement.

ANGÈLE *(brusquement)*

Mais non, je ne vous connais pas. Passez votre chemin. Si mon père vous voyait là! Allez, hue!

Il arrête le mulet.

ANGÈLE

Méfiez-vous du mulet, il mord!

LOUIS

Avec quoi? Il n'a plus de dents! Ecoutez, Mademoiselle...

ANGÈLE

Non, je ne vous écoute pas. Faites attention à ce que je vous dis : mon père n'est pas loin d'ici. Si je l'appelle...

LOUIS

Oh! il ne me mangera pas! Seulement, peut-être ça

vous ennuie, vous, s'il nous surprend. Alors écoutez! Ce soir j'irai derrière votre ferme, je sifflerai comme ça, et vous viendrez me parler.

ANGÈLE

Si vous venez siffler près de ma ferme, je lâche les chiens.

LOUIS

Si vous lâchez les chiens, moi j'ai ce qu'il faut.

Il tire de sa poche un revolver et le montre en souriant.

ANGÈLE *(elle lève le fouet)*

Laissez-moi passer.

LOUIS

Et si je veux pas?

ANGÈLE

Si vous ne lâchez pas, je frappe.

LOUIS *(souriant)*

Frappez.

Angèle le fouette et s'éloigne.

LOUIS

Salope... Ce soir, je viendrai, tu entends, et si jamais tu ne sors pas, je fous le feu à ta baraque.

La voiture s'éloigne.

DANS LA BARAQUE ADRIAN OÙ
COUCHENT LES OUVRIERS AGRICOLES

Le Louis se met du cosmétique avec un gros bâton de coiffeur. Il se fait un superbe accroche-cœur. Albin regarde le Louis avec une certaine inquiétude.

LOUIS

Ça te bouche un coin, hé goitreux?

ALBIN

Où c'est que tu vas? Tu vas retrouver la petite servante du restaurant?

LOUIS

Et après! C'est pas ta sœur quand même?

Le Louis s'en va.

ALBIN

Oh! ça, non, c'est pas ma sœur. (*Il se tourne vers Amédée.*) Où c'est qu'il va encore ce cochon?

AMÉDÉE

Ça m'étonnerait pas qu'il aille s'occuper de la fille de la voiture.

ALBIN

Mais il ne la connaît pas!

AMÉDÉE

Il a peut-être fait connaissance.

ALBIN

Mais où donc? Ça serait bête. Cette fille, elle a

l'air de quelqu'un de propre, de quelqu'un qui est honnête et gentil... Tandis que lui... Tu crois qu'une femme comme elle peut écouter un homme comme lui?

AMÉDÉE
Avec les femmes, on ne sait jamais!

LA ROUTE PRÈS DE LA FERME

Le Louis arrive à bicyclette. Il jette la bicyclette dans un fourré, se regarde dans un miroir, et prend un sentier qui monte.
Devant la ferme. Il fait presque nuit.
Angèle trait la chèvre. Soudain on siffle. C'est le Louis. Elle lève la tête, elle le voit. Il siffle encore. Elle prend le pot, elle s'enfuit et entre dans la ferme.

CUISINE DE LA FERME

Angèle entre et pose le pot de terre sur la table.

PHILOMÈNE
Il y a beaucoup de lait, ce soir?

ANGÈLE
Un demi-litre.

PHILOMÈNE
C'est bien. Eh bien, il faudra encore la mener au bouc, cette bête.

Dehors, on entend le sifflet du Louis. Angèle l'écoute.

PHILOMÈNE

Qui est-ce qui siffle?

ANGÈLE

Ça doit être le berger des Roumanières. Je l'ai vu passer.

Un silence, où Angèle paraît inquiète.

ANGÈLE

Où est le père?

PHILOMÈNE

Il est allé chercher du bois à la Pondrane.

ANGÈLE

Tiens, j'ai envie d'aller au-devant de lui.

PHILOMÈNE

Oui, vas-y, va. Ça lui fait toujours plaisir.

Elle enlève son tablier et s'en va.

DANS LA NUIT AU PIED D'UN ARBRE

Le Louis est assis. Il voit en bas la porte qui s'ouvre, et Angèle qui monte vers lui. Il sourit.

LOUIS *(aimable)*

Je vous remercie bien d'être venue.

ANGÈLE

Ne dites pas merci. Je suis venue pour vous dire qu'il ne faut pas rester ici. Si mon père vous voyait, ça ferait un malheur.

LOUIS

Eh bien? Qu'est-ce qu'il pourrait me dire? Je ne fais de mal à personne, je vous parle. Quoi, ce n'est pas défendu?

ANGÈLE

Mais oui, c'est défendu... Ce n'est pas bien de venir vous parler en cachette.

LOUIS

Et vous, ce n'est pas bien de donner des coups de fouet dans la figure des gens.

ANGÈLE

Si je vous ai fait mal, je le regrette. Après tout, peut-être que vous êtes un brave garçon... Mais quoi, il ne fallait pas essayer d'arrêter le mulet.

Angèle veut s'en aller. Il la suit.

LOUIS

Je n'avais plus ma tête à moi. Je voulais vous parler. (*Sentimental.*) Je voulais vous dire mon secret... Vraiment, je ne savais plus où j'en étais.

ANGÈLE

Pourquoi?

LOUIS

Ça serait trop long pour vous le dire. Ici, nous n'avons pas le temps...

ANGÈLE

Vous avez raison... Et puis, vos affaires, ça ne me regarde pas... Allez-vous-en puisque je vous le demande, et surtout, ne revenez plus.

LOUIS

Ça vous ferait plaisir que je revienne pas?

ANGÈLE

Oui!

LOUIS *(triste)*

Bon, alors je ne reviendrai pas! D'abord, je dois partir. Je quitte le pays pour toujours. Mais avant, j'avais voulu vous parler... Enfin, puisque ça ne vous plaît pas, c'est fini. C'est tant pis pour moi. Adieu, Mademoiselle... Je vous dis Mademoiselle, parce que je ne sais pas votre nom.

ANGÈLE

Oh! il n'est pas joli mon nom.

LOUIS

Marguerite? (*Elle dit non de la tête, chaque fois.*) Lucienne? Marie? Joséphine?

Elle rit.

ANGÈLE

Angèle.

LOUIS

Et vous dites qu'il n'est pas joli? Dites, c'est un joli nom, Angèle, vous savez. Vous, vous ne le voyez pas parce que vous en avez l'habitude... Mais moi, je le trouve... merveilleux! (*Avec ravissement.*) Angèle! Moi, je m'appelle Louis...

ANGÈLE

J'ai un cousin qui s'appelle Louis...

LOUIS

C'est un nom qui vous plaît?

ANGÈLE *(elle hausse les épaules)*

Oh! vous savez, les noms d'hommes, ils se valent tous. Eh bien, adieu Monsieur Louis, et ne venez plus jusqu'ici pour me faire des misères.

LOUIS

Moi, je vous fais des misères?

ANGÈLE

Je ne dis pas que vous m'en faites... Mais vous voudriez bien m'en faire... Alors, adieu...

Elle fait quelques pas.

LOUIS *(avec une émotion
aussi fausse que vulgaire)*

Alors, adieu. C'est pour toujours.

ANGÈLE

Mon père! Baissez-vous! Dieu garde, s'il nous voyait!

Ils se cachent derrière les buissons. On voit Clarius qui passe. Il porte un fagot de bois sur la tête.

LOUIS

Ils sont si sévères que ça, vos parents?

ANGÈLE

Non, ils ne sont pas sévères... Mais ça ne leur plairait pas de me voir parler à un jeune homme qui n'est pas du pays...

LOUIS

Naturellement. Ça, c'est la mentalité des campagnes... Moi, je suis de la ville.

ANGÈLE

Ça se voit!

LOUIS

A quoi, ça se voit?

ANGÈLE *(indignée)*

Vous avez beaucoup de toupet.

LOUIS

Naturellement. J'ai vu du pays, moi. Je n'ai pas passé ma vie dans un trou...

ANGÈLE *(un peu ironique)*

Vous avez de la chance.

LOUIS

Alors, Mademoiselle Angèle, puisque vous ne voulez pas que je revienne, je veux vous obéir, je vais vous faire mes adieux. Mais avant, je vous en supplie, faites-moi une faveur, une grâce. Faites-moi un gros cadeau! Laissez-moi vous embrasser...

ANGÈLE *(elle le repousse toute tremblante)*

Non, non, non, pour quoi faire?

LOUIS

Puisque je pars, Angèle.

Il l'embrasse.

ANGÈLE

Pourquoi vous m'embrassez comme ça? Pourquoi?

LOUIS

Je vous aime, Angèle... Laissez-moi vous dire...

La porte de la ferme s'ouvre en bas dans la nuit. On entend la voix de Philomène qui crie.

PHILOMÈNE

Angèle, Angèle!...

ANGÈLE *(elle crie)*

Oui! Je viens! (*A voix basse.*) Laissez-moi, Monsieur Louis...

Il l'embrasse encore passionnément.

ANGÈLE

Laissez-moi...

LOUIS

Voyez, je n'ai rien pu vous dire... Angèle, je vous en prie... Je vais attendre... Ce soir, quand ils seront couchés... Vous ne pourriez pas sortir?

ANGÈLE *(affolée)*

Oh! ça non, non, je ne peux pas... Je ne peux pas...

LOUIS

Où c'est la fenêtre de votre chambre?

ANGÈLE *(vite)*

C'est celle du rez-de-chaussée; mais ce n'est pas possible... Parce que ce n'est pas bien...

LOUIS

Angèle, je m'en vais, je pars, vous le savez... Laissez-moi vous parler une heure... Une demi-heure... Angèle... J'attendrai toute la nuit.

ANGÈLE

Ecoutez... Dès qu'ils dormiront je viendrai... Si je peux.

Elle s'en va.

DANS LA BARAQUE ADRIAN

ALBIN
Ça serait une chose à le tuer.

AMÉDÉE

Qui?

ALBIN

Le Louis. S'il faisait ce qu'il a dit avec cette fille, ce serait une chose à le tuer!

AMÉDÉE
Et c'est toi qui le tuerais?

ALBIN

Moi, non. Parce que c'est une chose qui ne me regarde pas. Mais si quelqu'un aimait cette fille...

AMÉDÉE *(bonhomme)*

Comme toi, par exemple... (*Un petit silence.*) Toi, elle te plaît, dis la vérité?

ALBIN

Elle me plaît? Non, moi, je suis de la montagne. « Elle me plaît » ça ne veut rien dire, ça n'a pas de sens! Qu'est-ce que c'est que ça, la plaisance? Ici on dit : « Elle me plaît. » Ça veut dire : « Je ne l'aime pas; mais je voudrais bien faire avec elle tout ce qu'on fait quand on aime d'amour. » Et on le fait avec toutes celles qui veulent... Nous, non. Nous, on respecte la femme... Ou bien on ne l'aime pas, ou bien on l'aime; et alors, quand on l'aime, c'est beau...

AMÉDÉE

Peut-être que tu l'aimes?

ALBIN *(grave)*

Non, non, il ne faut pas dire ça si vite... Cette fille, je l'ai vue une fois, aujourd'hui. Ça ne veut rien dire. Aimer, vois-tu, ça vient de plus loin, c'est plus long que ça...

Passe-moi ton couteau. Combien il a de lames?

AMÉDÉE

Neuf lames.

Dans la nuit, Angèle sort de chez elle, le Louis attend. Il siffle doucement. Angèle approche.

ANGÈLE

Ne restons pas ici. Allons un peu plus loin, là-bas.

LOUIS

Vous n'avez pas peur que le chien aboie?

ANGÈLE

Il n'y a pas de chien. Il est mort le mois dernier.

LOUIS

Vous êtes une belle menteuse! Vous m'aviez dit :
« Si vous venez, je lâcherai les chiens. »

ANGÈLE

Je ne vous connaissais pas. J'avais peur de vous.

LOUIS

Quelle idée d'avoir peur de moi! Vous êtes assez
grande pour vous défendre.

ANGÈLE

Oui, c'est vrai, j'ai de la force. Mais peut-être je ne
saurais pas m'en servir. C'est ça que je craignais.
Venez.

Ils vont plus loin. Ils s'assoient dans le foin.

ANGÈLE

D'ici, je peux voir la fenêtre de la chambre de mes
parents. Comme ça, s'ils allument, je le saurai. Vous
savez, je ne peux pas rester longtemps.

LOUIS

Merci quand même d'être venue. Même pour une
minute.

Il l'embrasse.

ANGÈLE

C'est vrai que vous partez?

LOUIS

Eh! oui. Je pars demain. Je vais reprendre mon
vrai métier.

ANGÈLE *(intéressée)*

Qu'est-ce que c'est, votre vrai métier?

LOUIS

Je suis musicien...

ANGÈLE

Tiens? Comme votre ami, alors? Celui qui jouait de l'harmonica, au café?

LOUIS *(supérieur)*

Oh, non, lui, c'est un paysan... Un vrai... Remarquez, je ne dis pas de mal des paysans... Je veux dire qu'il n'est pas musicien... Moi, je joue du violon dans les orchestres de brasserie. *(Avec une feinte modestie.)* Oh, je ne suis pas un grand artiste; mais enfin je me débrouille.

ANGÈLE

Et qu'est-ce que vous étiez venu faire ici?

LOUIS

C'est pour ma santé. Cet air des brasseries, toujours en smoking, vous savez, ces habits de soirée. Avec un col dur et un plastron. Respirer de la fumée... C'est mauvais pour les poumons.

ANGÈLE

Oh! oui, l'air des villes, c'est pas bon pour la poitrine. J'avais une amie, une jeune fille du village, elle s'était placée comme bonne à Aix. Il a fallu qu'elle revienne. Elle commençait à tousser.

LOUIS *(avec tendresse)*

Moi, c'est ma mère qui s'en est aperçue... Un soir,

elle me dit : « Louis, il faut que tu quittes ton travail, il faut que tu ailles à la campagne. » Alors je lui dis : « Je vais m'embêter. » Alors, c'est elle qui a eu l'idée de me faire embaucher par une entreprise de défrichement... Vous savez, les grosses charrues...

ANGÈLE

Je sais, je les ai vues... Mais comment vous avez fait pour apprendre si vite?

LOUIS *(supérieur)*

Vous savez, quand on a de l'instruction...

ANGÈLE *(avec admiration)*

Oui, ça aide dans la vie... Et ça vous a plu, la campagne?

LOUIS

Au commencement, ça me déplaisait; mais maintenant je regrette pas d'être venu.

ANGÈLE *(elle baisse les yeux)*

Parce que vous avez retrouvé la santé.

LOUIS

Oh! il n'y a pas que ça!

ANGÈLE

Et qu'est-ce qu'il y a encore?

LOUIS *(avec ferveur)*

Il y a vous. Je vous ai connue, vous.

ANGÈLE

Oh! moi... Qu'est-ce que ça peut vous faire?

Ça peut me faire que je vous aime. Oui. N'ayez pas peur. Vous le savez déjà, puisque je vous ai embrassée...

ANGÈLE

Oh!... Embrasser ce n'est pas grave... Et puis une fille de la campagne, qu'est-ce que c'est pour vous? Un amusement...

LOUIS

Oh! Angèle! Ne croyez pas ça, c'est tout le contraire. (*Il devient lyrique.*) Ecoutez, Angèle : vous, vous êtes belle naturellement, vous êtes comme une fleur de la colline... Chaque fois que je vous regarde, ça me fait comme un coup dans le cœur. C'est formidable... Je ne sais pas pourquoi... Ici, vous devez en avoir des amoureux?

ANGÈLE

Non, je n'en ai pas.

LOUIS

Comment? Une fille comme vous? A quoi ils pensent, alors, les garçons de la campagne?

ANGÈLE

Il n'y en a pas beaucoup. Et puis, ils sont timides! Ils n'osent pas parler aux filles... Et des fois, quand ils essaient, ils ne savent pas... Tandis que les gens de la ville, souvent ils disent de belles choses; mais peut-être qu'ils ne les pensent pas.

LOUIS

C'est pour moi que vous dites ça?

ANGÈLE

Oui. Que je vous plaise, c'est possible; mais peut-être que vous ne m'aimez pas d'amour.

LOUIS

Pourquoi?

ANGÈLE

Vous ne me connaissez pas.

LOUIS

Qu'est-ce que ça fait? L'amour, vous savez, ça vient d'un seul coup. C'est comme les grandes maladies. Tout d'un coup, on a le frisson, et ça y est. On est pris. Angèle... Venez ici...

ANGÈLE

Ce n'est pas bien ce que je fais. Si ma mère me voyait...

LOUIS

Votre mère? Vous croyez qu'elle ne l'a pas fait, elle aussi?

ANGÈLE *(indignée)*

Oh! dites! (*Puis, brusquement, elle se met à rire, et elle dit avec étonnement :*) C'est vrai qu'elle a dû le faire avec mon père!

LOUIS

Angèle, je vous aime... (*Il l'embrasse.*) Je vous aime... Je t'aime...

ANGÈLE *(elle le repousse doucement)*

Oh! non... non... Ça non... Je vous en prie...

LOUIS

N'aie pas peur... Je ne te demande rien... N'aie pas peur... Fais-toi toute petite... Reste là... Ne bouge plus...

Il la serre dans ses bras.

DANS LA BARAQUE ADRIAN

Les ouvriers sont assis sur leurs lits. Le Louis fait ses paquets.

LOUIS

Ça y est, les enfants. Ce soir, je me la casse. J'ai touché ma semaine... Et en route!... Qui est-ce qui veut un pantalon? Le seul pantalon de la chambrée qui n'ait pas une pièce au cul.

DES VOIX

Moi! Moi! Moi!

LOUIS

Attrape! (*Il lance le pantalon. Le Louis a pris maintenant une casquette à carreaux.*) Qui est-ce qui veut une casquette, dernière mode de Paris?

LES VOIX

Moi! Moi! A moi, Louis! Moi!

LOUIS

Je l'offre à Monsieur Amédée.

AMÉDÉE

Monsieur Amédée t'emmerde.

LOUIS

Monsieur Amédée ayant refusé grossièrement mon cadeau, je l'offre à celui qui l'attrape.

LOUIS *(qui déplie une veste)*

Qui est-ce qui veut?... Oh! non, ça c'est trop beau, je vais le garder pour moi.

ALBIN

Où vas-tu?

LOUIS

A La Marsiale.

ALBIN

Tu as trouvé du travail là-bas?

LOUIS

Oui. Et du beau. (*Il rit. Un temps.*) Ecoute, goitreux, aujourd'hui tu as campo jusqu'à midi. Si tu veux venir avec moi, je te montrerai quelque chose de joli, et tu verras si on est démerdard à La Marsiale...

ALBIN *(inquiet)*

Qu'est-ce que c'est que tu veux me faire voir?

LOUIS *(joyeux et mystérieux)*

Viens, et tu le verras.

Ils sortent tous deux. On les suit. Ils arrivent au bord d'un champ.

LOUIS

Amène-toi.

ALBIN

Qu'est-ce que tu veux me faire voir?

LOUIS

Approche-toi, c'est là derrière.

ALBIN

Encore une saleté, sûrement!

LOUIS

Oh! non, ça mon vieux, au contraire, c'est une jolie chose. Arrive. (*Albin suit.*) Assieds-toi et surtout fais pas de bruit. Regarde.

Il se lève et aperçoit Angèle. Elle retourne les foins. Elle a la jupe retroussée, les jambes nues, la gorge à demi nue. Elle a un grand chapeau de paille.

ALBIN *(se tournant vers le Louis)*

Eh bien?

LOUIS

Eh bien, ça y est.

ALBIN

Comment tu as fait?

LOUIS

Je l'ai eue au boniment, quoi! Comme les autres. D'abord des mots, puis des baisers, et puis le reste. Et maintenant j'en fais ce que je veux.

ALBIN

Ce n'est pas vrai.

Attends cinq minutes, que son père soit parti, celui qui est là-haut, qui s'en va... Leur ferme est juste là derrière. Elle s'appelle Angèle Barbaroux.

ALBIN

Et tu l'as eue comme ça? Alors, c'est une fille qui doit en avoir l'habitude!

LOUIS

Eh bien non, mon vieux. C'est ça le plus drôle. Moi aussi, je pensais comme toi, et j'y suis allé carrément. (*Rêveur, presque humain.*) Et puis non, mon vieux... C'était tout neuf. Ça m'a fait quelque chose... Mais moi, je lui revaudrai ça. Avec moi, elle ne sera pas malheureuse.

ALBIN

Tu veux lui faire faire le métier que tu disais?

LOUIS

Et qu'est-ce que tu veux qu'elle fasse d'autre? (*Avec l'air de quelqu'un qui connaît ses responsabilités.*) Je ne vais tout de même pas la placer comme bonniche? Nous partons ce soir, à la nuit. J'irai l'attendre derrière chez elle... et en route!

Albin s'en va. Louis siffle. Angèle se retourne, vient à lui en courant et se jette dans ses bras. Ils s'assoient dans l'herbe.

ANGÈLE

C'est vrai, au moins?

LOUIS

Ecoute, j'aime pas les questions. Si c'est oui, c'est

oui. Si c'est non, moi je te laisse tomber tout de suite.

ANGÈLE

Louis, mon chéri, ne sois pas méchant. Tu es un homme, toi, tu ne peux pas comprendre. Je quitte tout pour toi : ma famille, mon village...

LOUIS

Si tu as tant de regrets, restes-y dans ton village, et marie-toi avec un bon valet de ferme, qui va te faire douze enfants idiots.

ANGÈLE

Louis, je veux partir, tu le sais... Je partirai, tu peux en être sûr... Je partirai ce soir... à neuf heures... neuf heures et demie...

LOUIS

Tu m'as dit que pour moi, tu étais prête à n'importe quoi... Tu m'as dit : « Je ferai tout pour toi. » Alors, tu fais tout ou tu fais pas tout?

ANGÈLE

Tu le sais bien, que je ferai tout.

Elle l'embrasse. On voit Albin qui s'en va en titubant.

LE SOIR, DANS LA BARAQUE ADRIAN

Albin est étendu sur son lit, et Amédée lui met des compresses sur la tête.
Dans sa chambre, Angèle prépare sa valise.

Dans la baraque, Albin et Amédée sont dans leur lit.
Albin se lève et sort sans bruit.
Dans la nuit, Angèle sort de la Douloire. Elle court.
Elle aperçoit tout à coup Albin qui vient vers elle.

ALBIN

Angèle, n'ayez pas peur... C'est pour vous sauver
que je suis venu... Angèle, ne partez pas, je vous en
supplie. Le Louis est un mauvais homme... Rien de
bon ne vient de la ville... Là-bas, le malheur vous
attend...

ANGÈLE

Qui êtes-vous?

ALBIN

Un qui vous aime. Un paysan de la montagne. Ne
partez pas... Réfléchissez.

ANGÈLE

J'ai réfléchi... Laissez-moi passer...

ALBIN

Angèle... (*Il lui prend la main.*) Cet homme est
mauvais... Il ne vous aime pas... Il ne sait pas
aimer... C'est un voyou, ça n'a pas de sentiment, ça
n'a rien... Angèle, pensez à la mère; pensez à la mère
qui va pleurer... Pense au Bon Dieu qui te regarde...
Regarde les étoiles du ciel... Regarde le firmament...
Ne jette pas ta vie... Ce n'est pas pour moi que je te
dis ça, c'est pour toi, pour toi seule!

ALBIN (*triomphant*)

Tu vois, j'ai gagné... Tu as pleuré!

Un coup de sifflet dans la nuit.

ANGÈLE

C'est lui! C'est lui! Merci de ce que tu m'as dit; mais vois-tu, c'est trop tard maintenant... C'est trop tard...

Elle reste immobile. Un second coup de sifflet. Elle s'enfuit.

SUR UNE ROUTE ENSOLEILLÉE

Albin et Amédée, avec leur balluchon sur l'épaule.

ALBIN

Oui, c'est un rêve. Cette nuit-là, j'ai fait un rêve... J'ai rêvé que je lui parlais... qu'elle pleurait; avec la tête entre ses mains... Alors, lui a sifflé, et elle est partie...

AMÉDÉE

Peut-être que c'était vrai, ce que tu as vu. Je ne veux pas dire que tu y es allé; mais des fois, quand on a la fièvre, on voit des choses qui se passent à cinq cents kilomètres. Ça s'est vu!

ALBIN

Enfin, quand même, elle est partie. Que veux-tu, c'était dans les astres!...

Ils arrivent à un croisement de routes.

ALBIN

Alors, c'est ici qu'on se quitte?

AMÉDÉE

Oui mon gars, c'est ici. Tu vas rester longtemps à Saint-Estève?

ALBIN

Ils m'ont loué pour six mois. Jusqu'à la fin de septembre. Les moissons, les vendanges.

AMÉDÉE

C'est gai, les vendanges... et c'est en janvier que tu seras chez le Pitalugue?

ALBIN

Non, au mois de mars, pour les foins.

AMÉDÉE

J'y serai aussi. Alors adieu, mon vieux. Te fais pas de mauvais sang pour la petite... Une de perdue, dix de retrouvées... Enfin, dans sept mois on se reverra. Tiens, je vais te faire un cadeau d'amitié. Donne-moi un sou.

ALBIN

Pourquoi?

Il cherche un sou. Amédée le prend.

AMÉDÉE

C'est pour le mauvais sort, tu comprends. Je ne te le donne pas, je te le vends. Si tu me le payais pas, ça couperait notre amitié. J'ai vu qu'il te plaisait. Il a neuf lames, et pas une pareille. Prends-le, tiens!

Il lui tend un couteau.

54

ALBIN

Tu es trop gentil, Amédée. Et moi, qu'est-ce que je pourrais te donner?

AMÉDÉE

Eh bien, rien. A bientôt. Adieu, Albin.

ALBIN

Adieu, Médée.

Amédée s'en va sur une route. Albin part vers l'autre.

À MARSEILLE
DANS LA CHAMBRE D'ANGÈLE

C'est une chambre de garni modeste. Une matrone bavarde avec Angèle.

FLORENCE

Quand on en est où nous en sommes, on demande plus rien à personne et on prend les choses comme elles viennent... Et après tout, c'est bien de notre faute. On force personne à faire la putain. Et si nous l'avons fait, c'est que nous l'avons bien voulu. Que ça soit par amour pour un homme ou par bêtise, en tout cas, nous avons dit « oui ». Eh bien, ma fille, tant pis pour nous... Enfin, quand tu es venue ici, tu savais bien ce que tu venais y faire?

ANGÈLE

Non, non, je ne savais pas...

FLORENCE

Sans blague?

Et pourtant, quelqu'un me l'avait dit... Un homme jeune, très grand, qui m'a parlé dans la nuit. Il m'avait dit : « Ne partez pas... Ce Louis est un mauvais homme. »... Je n'ai pas compris... Ah! celui-là, il aurait dû me battre... Il aurait dû appeler au secours... Il m'aurait sauvée!

DANS UN CAFÉ DE MARSEILLE

Le Louis joue aux cartes avec des personnages inquiétants.

LE TATOUÉ

Mais oui, c'est de ta faute. Parfaitement. C'est de ta faute.

LOUIS *(ennuyé)*

C'est pas de ma faute, quand même, si elle a eu un enfant presque tout de suite! Ça lui a fait perdre cinq ou six mois, naturellement.

LE TATOUÉ

D'accord, mais cet enfant, tu ne t'en sers pas, tu n'en fais rien.

LOUIS *(stupéfait)*

Qu'est-ce que tu veux que j'en fasse?

LE TATOUÉ

Ecoute, tu le mets en nourrice, à la campagne. Qu'il soit bien nourri, qu'il soit au bon air, qu'il devienne mignon comme tout : ça, d'abord, on doit le faire, parce que les enfants c'est sacré. *(Convaincu.)* Moi, je rigole pas avec les enfants. Mais alors, tu dis à la mère : tout ce que tu gagnes, il y a un tiers pour le petit. Et alors tu vas voir qu'est-ce qu'elle te rapportera. Si tu fais ça, eh bien, cette femme (*avec enthousiasme*) ça va devenir un véritable moteur.

LOUIS *(pensif)*

Oui, ça c'est possible.

LE TATOUÉ

La vérité c'est qu'il faut pas faire de reproches à la petite. Si quelqu'un a tort, c'est toi. Tu ne lui as pas fait son éducation. Tu ne lui as pas donné ton appui moral. Si tu y avais fait son éducation, c'était de l'or.

JO *(avec une grande autorité)*

Je crois pas.

LE TATOUÉ

Pourquoi, tu crois pas?

JO

Elle n'a pas le caractère à faire ce métier-là.

LOUIS

Qu'est-ce que tu veux dire par là?

JO

Je veux dire que c'est comme dans tout. Il faut qu'on aime son métier. Moi, j'aime mieux être barbeau que d'être président de la République, tandis qu'il y en a qui préfèrent être président de la République plutôt que d'être barbeau : chacun son goût, chacun son métier. Si tu n'as pas le goût de ton métier, tu n'auras jamais rien de propre. Eh bien, cette femme-là, elle n'aime pas son métier, elle n'y met pas d'amour-propre. Et ça, il n'y a rien à faire.

LOUIS *(au Tatoué)*

Tu crois qu'il exagère pas un peu?

LE TATOUÉ *(évasif)*

Tu sais, c'est un vieux, c'est un homme qui sait juger les femmes.

JO

Lorsque tu l'as amenée de la campagne, demande un peu au Tatoué ce que je lui ai dit? Je lui ai dit : « Ça, c'est une femme pour l'exportation. » Demande-lui?

LE TATOUÉ

Oui, ça c'est vrai; il me l'a dit.

JO

Et puis, il y a des choses que tu ne sais pas.

LOUIS

Et quoi?

JO *(pudique)*

Elle va à l'église.

LE TATOUÉ *(avec une stupéfaction indignée)*

Non!

LOUIS

Elle est allée à l'église pour faire baptiser son petit. Ça, c'est vrai. Je lui ai permis.

JO

Ça, ça ne serait rien. Mais elle y va aussi pour son plaisir, et souvent. Il y a aussi des fois que tu es bien tranquille ici, et que toi dans ton innocence, tu crois qu'elle est au boulot, bien honnêtement... Eh bien, pendant ce temps, Madame est à Saint-Laurent, en train de faire une petite prière.

LE TATOUÉ *(démoralisé)*

Alors ça !

LOUIS *(vexé)*

Ecoute, Jo, ça me fait plaisir que tu me donnes des conseils, mais je te prie de ne pas te moquer de ma femme.

JO

Je l'ai vue. Je te dis que je l'ai vue sortir de Saint-Laurent !

LE TATOUÉ

Elle va à la messe ?

JO

Oh ! C'est encore plus pire ! Quand je l'ai vue, elle sortait des vêpres !

LE TATOUÉ

Oh ! Alors, mon vieux, elle est foutue !

LOUIS

Allez, joue, va...

DANS LA CHAMBRE D'ANGÈLE

ANGÈLE

Et pourquoi il me le prendrait, mon enfant?

FLORENCE

Parce qu'un enfant, c'est un gros dérangement, surtout dans ce métier.

ANGÈLE

Mais puisque la patronne de l'hôtel s'en occupe.

FLORENCE

Oui, seulement toi, tu le nourris et il dit que ça te déforme. Il dit que ce n'est pas convenable. D'un côté, c'est un peu vrai. Pourquoi tu ne le mettrais pas en nourrice?

ANGÈLE

Non, mon enfant, c'est la seule chose qui me reste. Il est à moi et je le garde. Si on veut me le prendre...

FLORENCE

Si on veut te le prendre, on te le prendra. Tu ne les connais pas encore, ma petite... Ils se soutiennent tous entre eux, et ils sont capables de tout.

ANGÈLE

Moi aussi!

FLORENCE

Pourquoi ils t'ont donné d'autres papiers?

ANGÈLE

Mais, parce que si j'avais pris les papiers à la

mairie de mon village, mon père aurait su où j'étais.

FLORENCE

Oui, il y a peut-être un peu de ça, je ne dis pas non. Mais... il y a aussi autre chose!... Ils t'ont donné les papiers de Mireille?

ANGÈLE

Oui.

FLORENCE

Eh bien, qu'est-ce qu'elle est devenue celle-là? Elle était ici il y a quatre ans. Elle ne voulait plus rester. Elle voulait se mettre sous la protection de la police. Un soir, elle leur a dit, et le lendemain on l'a plus revue. Ils ont dit qu'elle était partie pour l'Amérique.

ANGÈLE

Tu crois que c'est pas vrai?

FLORENCE

Je n'en sais rien. En tout cas, la dernière fois que je l'ai rencontrée, elle avait pas l'air de quelqu'un qui veut aller à Buenos Aires... Elle avait pas de parents, et personne n'a pu le savoir ce qu'elle était devenue.

ANGÈLE

Tu crois qu'ils l'ont tuée?

FLORENCE

Je n'en sais rien... Tiens, toi, si tu disparaissais avec ton petit, qui est-ce qui viendrait savoir où tu es passée? Personne... Attention, le voilà!

Elles se taisent. Le Louis entre.

LOUIS

Bonjour, Mesdames. Mes félicitations pour le turbin... Surtout, ne vous fatiguez pas trop, vous pourriez vous faire des ampoules!

ANGÈLE

Oh! nous sommes montées un peu ici pour nous reposer.

LOUIS

Tu sais que j'aime pas les explications!... (*A Florence.*) Et toi, la prochaine fois que je te trouve ici à faire la conversation avec ma femme, sans ma permission, ce sera un coup de pied à la savate, tu as compris?

FLORENCE

A moi?

LOUIS

Oui, à toi... Et j'ai la permission de ton homme... Allez, fous le camp.

Elle sort.

LOUIS *(à Angèle)*

Toi, j'ai à te parler très sérieusement.

SUR LA PLACETTE D'UN VILLAGE

Le rémouleur est à sa meule. Saturnin arrive, chargé de nombreux paquets.

LE RÉMOULEUR

Oh! Saturnin.

SATURNIN

Bonjour, Tonin.

LE RÉMOULEUR *(Bzz... Bzz...)*

Où vas-tu comme ça?

SATURNIN

Tu le vois, je viens de faire les provisions pour toute la semaine : le pain, le sel, les bougies, le savon, et un journal. Et voilà! Tout va bien.

LE RÉMOULEUR

Ça n'a pas l'air d'aller si bien que ça. *(Confidentiel.)* On dirait que tu es devenu complètement fada.

SATURNIN *(résigné)*

Oh! moi, tu sais, ça ne veut rien dire... J'ai toujours été un peu fada. Il y en a qui sont des lumières, il y en a qui éclairent comme le phare de Planier, il y en a d'autres qui éclairent pas plus qu'une allumette... Chacun éclaire comme il peut. Le tout c'est la bonne volonté. Adieu, Tonin!

Il s'éloigne. Le rémouleur hésite, puis il le rappelle.

LE RÉMOULEUR

Attends, Saturnin! Moi, j'ai quelque chose à te dire. Quelque chose d'important. Ça va bien là-haut à ta ferme?

SATURNIN

Tu vois comme tu es : tu dis que tu as quelque chose à me dire et puis c'est toi qui me poses des questions!

LE RÉMOULEUR

Réponds-moi. Je ne te demande pas de mal. Ça va bien là-haut?

SATURNIN

Eh non, ça va pas bien, tu le sais. Depuis que notre demoiselle est partie, ça ne va plus.

LE RÉMOULEUR

Vous savez où elle est la demoiselle?

SATURNIN *(il pleure tout doucement, en souriant)*

Non, nous ne savons pas... Elle est partie avec un homme de la ville... Et elle nous a pas encore écrit. On ne sait pas pourquoi... Oh! elle écrira, ça c'est sûr! Seulement, il faudrait qu'elle se dépêche. Autrement, le Maître. Ah! peuchère! Enfin, adieu Tonin! Dans la vie, chacun a sa charge; les moineaux ne portent rien, les ânes portent beaucoup, et moi je porte plus qu'un âne... C'est une affaire d'habitude... Adieu, Tonin!

LE RÉMOULEUR

Ecoute, Saturnin... Je sais où elle est...

SATURNIN

Qui?

LE RÉMOULEUR

Angèle... (*Un temps. Saturnin pose ses provisions.*) Je sais où elle est. Je l'ai vue. Je lui ai parlé.

SATURNIN

Oh! Tonin, que tu es beau... Comme tu as une belle figure! Dis-moi vite... Où elle est, Tonin?

LE RÉMOULEUR

A Marseille.

SATURNIN *(triomphant)*

Je m'en doutais! Et comment tu l'as vue?

LE RÉMOULEUR

Viens ici, viens. (*Ils avancent tous deux, et s'arrêtent.*) Je suis été à Marseille le mois dernier, pour
faire mes vingt et un jours du service militaire, tu me
comprends?

SATURNIN

Oui.

LE RÉMOULEUR

Et alors, un soir que je passais dans une petite rue,
dans les vieux quartiers, tout d'un coup je vois une
jeune femme qui m'appelle. Je vais pour lui parler.
C'était elle.

SATURNIN

Elle t'avait reconnu?

LE RÉMOULEUR *(gêné)*

Non, elle m'avait pas reconnu.

SATURNIN *(étonné)*

Alors, pourquoi elle t'avait appelé si elle t'avait
pas reconnu?

LE RÉMOULEUR *(évasif)*

Je ne sais pas.

SATURNIN *(vaguement effrayé)*

Par exemple! mais si elle t'avait pas reconnu,
pourquoi elle t'appelle, comme ça, dans la rue?

LE RÉMOULEUR *(horriblement gêné)*

Au fond, peut-être qu'elle m'avait reconnu. Oui, sûrement, elle m'avait reconnu.

SATURNIN *(triomphant)*

C'est qu'elle y voit de loin, tu sais... Quand elle avait six ans, et qu'on savait pas l'heure à la maison, on lui disait : « Angèle, regarde un peu l'horloge du clocher de Manosque, et dis-nous où est la petite aiguille... Et puis, dis-nous où est la grosse aiguille. » Et nous, on ne voyait même pas le cadran. Mais elle, elle voyait les aiguilles. Alors, tu te rends compte!

LE RÉMOULEUR *(avec une grande bonté)*

Oui, alors elle m'avait sûrement reconnu.

SATURNIN

Et qu'est-ce qu'elle t'a dit?

LE RÉMOULEUR

Ben, nous avons parlé de choses et d'autres, là, sur le trottoir.

SATURNIN

Elle t'a pas invité à venir chez elle?

LE RÉMOULEUR *(gêné)*

Oui, elle m'a invité; mais je n'y suis pas allé.

SATURNIN

Pourquoi?

LE RÉMOULEUR *(confus)*

Parce que ça m'aurait mis en retard pour rentrer à la caserne.

SATURNIN *(navré)*

C'est dommage... J'aurais bien aimé que tu me racontes son appartement pour que je puisse y penser... Et alors, elle est bien mariée?

LE RÉMOULEUR

Je ne sais pas...

SATURNIN

Elle était bien habillée?

LE RÉMOULEUR

Ça oui.

SATURNIN

Elle avait un chapeau?

LE RÉMOULEUR

Oui, elle avait un chapeau. Un joli chapeau bleu...

SATURNIN *(ravi, au comble de la fierté)*

Comme une dame! C'est une merveille, cette Angèle! Va, elle savait bien ce qu'elle faisait quand elle est partie! Elle t'a parlé de nous?

LE RÉMOULEUR

Oui, elle m'a dit... Hum... Elle m'a dit de ne pas vous dire que je l'avais vue...

SATURNIN

Et pourquoi?

LE RÉMOULEUR
Voilà ce qu'elle m'a dit.

SATURNIN
D'un côté, ça me fait peine. Mais d'un autre côté, si elle t'a parlé de nous, ça prouve qu'elle pense à nous... Elle se porte bien?

LE RÉMOULEUR
Elle m'a semblé un peu maigre.

SATURNIN
Ah! oui, ça doit être l'air de la ville. La fumée des bateaux... Regarde comme on est bête, quand on est jeune... Qu'elle ait honte de nous, ça se comprend, parce que nous sommes que des paysans, nous autres, et elle, c'est une vraie princesse. Surtout en ayant fait un riche mariage avec un Monsieur de la ville. Qu'elle ne parle pas de nous à son mari, qu'elle veuille pas nous faire voir, c'est naturel, ça se comprend... Mais qu'est-ce qui l'empêcherait, de temps en temps, de prendre le train toute seule, et de venir passer un mois dans notre ferme? Ça lui ferait du bien à elle. Et nous, ça nous ferait tant plaisir... (*tristement*) et nous en avons tant besoin, maintenant, d'un quelque chose qui nous fasse plaisir! Tu ne lui as pas dit ça?

LE RÉMOULEUR
Non, non, je lui ai pas dit... Ecoute, Saturnin, tu sais que je suis un ami. Je vais te donner un conseil. Premièrement, ne dis rien à personne.

SATURNIN
Pas même à sa mère?

LE RÉMOULEUR

Non, pas même à sa mère. A personne. Toi, un de ces quatre matins, tu t'habilles de propre et tu descends à Marseille.

SATURNIN

Justement, l'autre jour, la maman Philomène a dit qu'il faudrait que j'y aille pour choisir des semences, et pour acheter des outils. Et puis aussi, il faudrait que je passe à l'Assistance publique pour signer des papiers... c'est des papiers de mairie, tu comprends. Je ne sais pas pourquoi; mais il fallait justement que j'y aille.

LE RÉMOULEUR

Eh bien, vas-y, et le plus tôt possible. Je vais te donner son adresse.

Ils reviennent à la meule.

SATURNIN

D'Angèle?

LE RÉMOULEUR

Oui, d'Angèle.

SATURNIN *(soudain inquiet)*

Tu me dis que j'aille chez elle; mais elle m'a pas invité.

LE RÉMOULEUR

Vas-y quand même. Elle te recevra bien, et tu peux lui rendre un grand service.

SATURNIN
Mais quel service tu veux que je lui rende?

LE RÉMOULEUR
Vas-y, tu verras. Voilà l'adresse. Tu sais lire?

SATURNIN
Non.

LE RÉMOULEUR
Mireille, 12, rue de la Fare, à Marseille.

SATURNIN
Pourquoi Mireille?

LE RÉMOULEUR
Je ne sais pas. Elle s'appelle Mireille à présent.

SATURNIN *(il déplie le papier)*
Bon. Je vais te porter mon rasoir pour que tu l'aiguises bien... Et puis, je vais te demander un service... Tu peux me prêter une cravate? Tu sais, une belle cravate à ressort?

LE RÉMOULEUR
Oui, je t'en prêterai une.

SATURNIN
Bon. Et des souliers? Tu aurais pas des souliers noirs, je te les rendrai tout propres, tout cirés. Tu peux m'en prêter?

LE RÉMOULEUR
Oui, je t'en prêterai. Et puis, tu veux plus rien? Tu veux pas des gants?

Non, des gants ça serait trop. Excuse-moi, Tonin, si je te demande tout ça... Ce n'est pas que je sois coquet, non, tu le sais; seulement, mets-toi à ma place, la petite fait un riche mariage, et son mari (car c'est lui, j'en suis sûr) lui défend de revoir ses parents, parce qu'ils ne sont pas assez riches. Bon, moi je m'amène, comme ça, d'autorité. Si je suis minable, ils vont penser : « Quand même, nous avions raison de ne pas vouloir leur parler. » Et peut-être lui, il va lui faire une scène comme dans le grand monde, tandis que si j'arrive bien arrangé, bien convenable, peut-être que son mari va changer d'idée et, en me regardant, il va se dire : « Puisque le domestique est si beau que ça, le patron doit être une merveille. » Et alors il voudra le voir. Tu comprends? Et puis, tu ne sais pas ce que je lui dirai, à son mari? Je lui dirai : « Je suis un des valets de son père. » Tu comprends?

LE RÉMOULEUR

Non.

SATURNIN

Je lui dirai qu'à notre ferme, il y a plus de douze valets. Je lui dirai que c'est un vrai château, et il viendra! Et quand il sera là, il verra bien que c'était une ferme; mais il ne se fâchera pas parce que s'il la voit, notre ferme, il verra tout de suite qu'elle est plus belle qu'un château, et que c'est un endroit comme il n'y en a pas deux dans le monde... Tu me comprends, Tonin? Ça, c'est mon plan. Tu me diras qu'on a tort de dire des mensonges; mais dans la vie, des fois, il faut être plus fin que les gens!

Tu sais, moi, je crois que tu te fais des idées... Des illusions, peut-être.

SATURNIN

Rien du tout... Rien du tout... D'ici une semaine ils vont arriver tous les deux, tu verras... Alors moi, j'enlèverai toutes les pierres du chemin, et je cirerai bien les sabots du mulet, et j'irai les attendre à la gare. Et puis, quand ils seront là, je dirai à Angèle : « Angèle, regarde un peu là-bas, le clocher de Manosque, et dis-nous bien l'heure qu'il est. »

DANS LA CHAMBRE D'ANGÈLE

ANGÈLE

Ecoute-moi, Louis, tu n'es pas méchant...

LOUIS *(glacé)*

Ça va... Ça va... (*Brusquement indigné.*) Et où ils sont les enfants de millionnaires? à la campagne! Eh bien, le tien, je veux le traiter comme un enfant de millionnaire. Si tu as une mauvaise mère, moi je connais ma responsabilité. (*Elle veut parler. Il l'arrête.*) Ça va... Et si je veux, moi, cet enfant qui n'est pas à moi, le traiter comme le fils du Crédit Lyonnais?

Il sort.

À MARSEILLE

Saturnin sort de la gare. Il porte une grosse brassée de genêts des collines.
Il marche à grands pas dans les rues encombrées.

Saturnin sort d'une quincaillerie accompagné par un commis en blouse grise. Il porte un paquet d'outils d'où dépasse une faucille.

SATURNIN

C'est ça... Bon. Alors, je m'en vais... Dites, donnez-moi un renseignement, par votre obligeance.

Il montre un papier au commis.

LE COMMIS

12, rue de la Fare... Bon... (*Il réfléchit.*) Ecoutez, en sortant d'ici, vous prenez à droite.

SATURNIN

Bon... A droite, jusqu'où?

LE COMMIS

Jusqu'à la rue des Dominicains, c'est la troisième à votre gauche...

SATURNIN

Bon.

LE COMMIS

Ensuite...

SATURNIN *(il reprend le papier)*

Ensuite, je ferai voir mon papier à la première personne que je rencontre, parce que si vous continuez à m'expliquer la suite, je vais oublier le commencement... Bon. Merci bien, Monsieur. Merci bien...

Il s'en va, souriant et saluant.

AU CAFÉ

Le Louis et ses amis au comptoir.

LOUIS

Moi, la « came » je la vends pas, je l'oublie sur la banquette d'un bistrot, et le lendemain le patron me refile 300 balles. C'est une affaire!

LE PATRON

Mais où c'est que tu vas chercher la marchandise?

LOUIS

Au bord de la mer, à la Calanque. Il y a un bateau qui laisse tomber les petits paquets, munis d'un flotteur. Je fais celui qui va à la pêche à la palangrotte, et je ramène le tout.

RUE DE LA FARE

Saturnin s'arrête devant le n° 12. Il entre. Sur le palier, il rencontre Florence.

SATURNIN

Pardon, Madame... C'est ici le numéro 12?

FLORENCE

Mais oui, mon beau brun, c'est ici... Tu viens de Paris, qué! Ça se voit!

SATURNIN *(rougissant)*

Oh! non, Paris j'y suis jamais été.

FLORENCE

Ça m'étonne... C'est moi que tu viens voir?...

SATURNIN *(mystérieux et effaré)*

Peut-être, qui sait... Hum... Mais ça n'est pas vous que je cherche, excusez-moi...

FLORENCE

C'est dommage, je te trouve ravissant...

SATURNIN

Vous êtes bien honnête...

FLORENCE

Et dégourdi, avec ça... Boudiou, ne me regarde pas comme ça, tu me troubles...

SATURNIN

Ça, on ne me l'avait jamais dit. Moi, c'est Angèle que je viens voir...

FLORENCE

Il n'y a pas d'Angèle ici...

SATURNIN

C'est vrai qu'ici, elle a un autre nom.

Il montre le papier.

FLORENCE

Mireille, ah bon... Tu la connais?

SATURNIN *(fier)*

Ben oui, un peu, je suis le valet de son père... Enfin, un de ses valets, n'est-ce pas...

FLORENCE *(effrayée)*

Bon Diou... Son père sait qu'elle est ici?

SATURNIN

Oh! non, il ne sait pas qu'elle est ici. Moi, c'est le rémouleur qui m'en a dit un mot. Alors, je suis venu par politesse... Parce que je suis un de ses valets...

FLORENCE

Combien il en a de valets?

SATURNIN

Oh!... il en a au moins douze... (*Florence le regarde. Il perd son assurance et vite il ajoute :*) Environ... Enfin, il en a bien six...

FLORENCE

Et même un...

SATURNIN

Non... Non, je vais lui dire que tout va bien... Même si c'est pas vrai, je lui dirai... Parce que je vais vous dire... Figurez-vous que l'autre jour...

FLORENCE

Attends, voilà un client.

SATURNIN

Oh! Vous êtes dans le commerce? Excusez-moi...

LA CHAMBRE D'ANGÈLE

Saturnin frappe à la porte. Angèle est étendue sur son lit.

ANGÈLE

Qu'est-ce que c'est?

SATURNIN

Une visite...

ANGÈLE

Entrez...

Saturnin entre, avec ses fleurs dans les bras.

SATURNIN *(d'un trait)*

Bonjour, Demoiselle, c'est moi, Saturnin. Excusez-moi de te dire Demoiselle; je devrais plutôt t'appeler Madame; mais c'est à cause d'une vieille habitude... Je t'apporte ces fleurs que j'ai cueillies devant la ferme et je t'apporte avec ces fleurs des nouvelles de chez nous.

ANGÈLE *(épouvantée)*

Saturnin...

SATURNIN

Eh oui, Saturnin, toujours le même par malheur...

ANGÈLE

D'où viens-tu?

SATURNIN

Eh! Demoiselle, d'où veux-tu que je vienne... De la maison... Enfin, de l'ancienne maison... Hum... Je passais par hasard, n'est-ce pas, alors j'ai vu en bas une commerçante du quartier; elle m'a dit : « Elle habite là-haut. » Alors, moi j'ai pensé : « Je vais lui donner des nouvelles, voilà... » Tu n'as pas donné ton adresse, tu as tes raisons pour ça... Je veux pas les savoir; ça me regarde pas... Si tu me défends de dire que je t'ai vue, je le dirai pas. Mais enfin, j'ai pensé : « Peut-être que ça lui fera plaisir de savoir ce qui se passe à la maison... » Alors, je suis monté pour te le dire.

ANGÈLE

Mon père?

SATURNIN *(avec enthousiasme)*

Il se porte bien, lui. Il est comme ça... Enfin, comme ça... Comme ça, quoi. Enfin, il est superbe.

ANGÈLE

Et maman?

SATURNIN

Oh! Maman Philomène! Elle est joyeuse, elle chante toute la journée.

ANGÈLE

Elle chante?

SATURNIN *(qui se dégonfle de nouveau)*

Oh!... Elle chante pas fort... Enfin, elle chantonne... Elle est joyeuse, quoi. Remarque, Demoiselle : que tu sois partie, ça ne nous a pas fait plaisir; mais enfin, nous avons compris. Tu as suivi mon conseil, tu a pris un Monsieur de la ville. Tu l'as, tu es heureuse, je le vois... Ça se comprend. Nous nous sommes fait une raison... A part ça, tout va bien... Le verrat aussi se porte bien...

78

ANGÈLE *(à voix basse, pleine de honte et de tendresse, elle parle comme à elle-même)*
Saturnin!

SATURNIN

Le verrat, il est superbe. Il est actif... C'est une merveille... Le mulet aussi, il va bien. Il vieillit un peu, naturellement; mais quoi, moi aussi... Hum! Dans le jardin, nous avons fait les pommes de terre. Elles sont bien. Elles viennent bien... Dans le pré, cette année, il est venu un peu de jonc. Mais ça ne fait rien, ce n'est pas grave : l'herbe est épaisse, elle vient bien... Enfin quoi, tout va bien... Tout est magnifique... Et toi, Demoiselle?

ANGÈLE *(elle baisse la tête)*
Moi, Saturnin, tu vois, je suis ici...

SATURNIN

C'est joli!... Ici, c'est ta chambre?

ANGÈLE

Oui.

SATURNIN

Et l'appartement, il est grand?

ANGÈLE

Quel appartement?

SATURNIN

Le tien... Là où tu habites.

ANGÈLE

C'est ici que j'habite, Saturnin.

SATURNIN

C'est joli... Ce n'est pas grand, mais c'est joli...
Mais ton mari, il n'est pas ici?... Il est peut-être à son
bureau?

ANGÈLE

Je n'ai pas de mari, Saturnin.

SATURNIN

Ah!

ANGÈLE

Je n'ai pas de mari, et tu vois, j'ai un enfant.

*Elle montre les petits vêtements qui sèchent sur la
barre du lit.*

SATURNIN

Cet enfant, il n'a pas de père?

ANGÈLE

Non, il n'a pas de père...

SATURNIN

Oh! Bon Dieu! Quelle nouvelle! Ça alors, c'est
une nouvelle... Mais où il est celui qui te l'a fait?

ANGÈLE

Je ne sais pas... Il doit être loin... C'était un marin
du Nord, tout blond, qui parlait même pas le
français. Enfin, je crois qu'il est le père, parce que
mon enfant lui ressemble, et encore je suis pas sûre
qu'il lui ressemble à ce marin; je l'ai si peu vu... Un
soir, il passait là... Saturnin, tu vois ce que je suis :
une fille des rues.

SATURNIN *(désespéré)*

Mais alors, Demoiselle, qu'est-ce que tu manges?

ANGÈLE

Ecoute... Je veux tout te dire pour que tu ne reviennes plus... Tu te rappelles, à Meyrargues, le café de Madame Lucien?

SATURNIN *(à voix basse)*

Oui, je m'en souviens.

ANGÈLE

Tu sais, Madame Lucien et ses servantes, tu sais ce qu'elles faisaient pour gagner des sous?...

SATURNIN

Oh! Demoiselle! Ne dis pas des choses comme ça... Surtout toi... Ce n'est pas convenable...

ANGÈLE

Et pourtant, c'est ça que je fais... C'est ça mon métier...

SATURNIN *(il commence à sangloter)*

Demoiselle, ne dis pas ça... Ne dis pas ça... Ce n'est pas vrai...

ANGÈLE

C'est vrai, par malheur, c'est vrai, Saturnin...

Elle pleure, la tête dans ses mains.

DANS LA SALLE DE LA DOULOIRE

CLARIUS *(il a le bras gauche en écharpe)*

Qu'est-ce qu'il est allé faire à Marseille, cet imbécile?

PHILOMÈNE

Tu le sais bien, Clarius; il est allé pour les outils...

CLARIUS

Et au quincaillier du village, il n'y en a pas des outils?

PHILOMÈNE

Et puis ses papiers de l'Assistance... Tu sais bien... Des choses militaires, tu le sais bien...

CLARIUS

Et il n'y a rien d'autre là-dessous? Tu n'as rien manigancé avec lui? Vous n'êtes pas d'accord?... Non?...

PHILOMÈNE

Non, Clarius, il n'y a aucun secret...

CLARIUS

Parce que moi, il ne faut pas me prendre pour un imbécile, tu comprends?...

DANS LA CHAMBRE D'ANGÈLE

SATURNIN

Ecoute, Angèle, de pleurer, ça mouille et ça ne sert à rien. Parlons de tout ça bien posément, comme si

82

c'était pas toi, et comme si c'était pas moi... J'ai la comprenure difficile, c'est vrai. Mais quand il s'agit de toi, je comprends tout.

ANGÈLE

Va-t'en, Saturnin!... Je sens bien que je te dégoûte...

SATURNIN

Qu'est-ce que tu inventes, Demoiselle?... Pour moi, tu es toujours la même... Toi, tu es toujours notre Angèle. Bien sûr, c'est horrible ce qui t'est arrivé. Mais quoi!... C'est aussi de ma faute...

ANGÈLE

Mais non, mais non...

SATURNIN

Mais si, c'est de ma faute. C'est moi qui te disais toujours : « Il te faut un Monsieur de la ville. »

ANGÈLE

Oui, tu me le disais... Mais quand même, ce n'est pas toi qui m'as dit d'appeler les passants dans la rue?...

SATURNIN

Oh! ça non, je te l'ai jamais dit... Ecoute, ce qui t'arrive en ce moment, voilà comment je me le comprends... C'est comme si on me disait : « Notre Angèle est tombée dans un trou de fumier. » Alors moi j'irais, et je te prendrais dans mes bras, et je te laverais bien. Et je te passerais des bois d'allumettes sous les ongles, et je te tremperais les cheveux dans l'eau de lavande pour qu'il ne te reste pas une paille, pas une tache, pas une ombre, rien... Je te ferais

propre comme l'eau, et tu serais aussi belle qu'avant.
Parce que, tu sais, l'amitié, ça rapproprie tout, tout,
tout... Et si un jour, par fantaisie, tu venais me dire :
« Saturnin, tu te rappelles le jour où je suis tombée
dans le fumier? » Moi, je te dirais : « Quel fumier?...
Où?... Quand?... Comment?... » Moi, je t'ai vue si
petite, que je te vois propre comme tu es née.

ANGÈLE

Saturnin...

Elle éclate en sanglots.

SATURNIN

Ecoute, Angèle, parlons comme il faut. Quand tu
es partie, tu n'étais pas seule! Tu avais un homme
pour te protéger.

ANGÈLE

Pour me protéger? C'est lui qui m'a mise où je
suis!

SATURNIN

Pourquoi? C'est parce qu'il était malade. Alors
toi, par bonté, par dévouement...

ANGÈLE

Par bêtise, par lâcheté...

SATURNIN

Ah! Tu l'aimes pas?

ANGÈLE

Si j'avais pas mon enfant, je le tuerais, je le
tuerais...

Oh! Ça va mal... Ça va mal... Angèle, on part tout de suite, fais tes paquets.

ANGÈLE

Pourquoi?

SATURNIN

A la ferme, il y aura toujours à manger pour toi et ton enfant...

ANGÈLE

Mais tu sais bien que mon père me tuerait...

SATURNIN

Mais non, il ne te tuerait pas. Il a toujours été juste pour les autres, il sera juste pour sa fille... Ecoute, je t'ai dit qu'ils se portaient bien tous les deux; je t'ai menti. Mais il ne faut pas m'en vouloir, c'était un mensonge de finesse... La vérité, c'est qu'ils sont bien tristes, bien tristes tous les deux... Depuis que tu es partie, notre maître ne fume plus...

ANGÈLE

Qu'est-ce qu'il fait?

SATURNIN

Il ne fait rien. Il ne parle plus. Il est même devenu méchant... Toute la journée, il dit des Couquin de Bon Diou... Oui... Et la pauvre maman Philomène, tout à l'heure on ne la voit plus, tellement elle est devenue petite : elle semble une bouscarle, et maintenant ses cheveux sont tout blancs... Même la pendule qui s'est arrêtée. (*Il pose sa main sur le bras d'Angèle.*) Ecoute, Angèle, reviens, et le maître la remontera... Dépêchons-nous, le train est à cinq heures...

ANGÈLE

Et le Louis?

SATURNIN

Oh! lui, il ne faut pas le mener avec nous, parce
qu'alors le maître le tuerait...

ANGÈLE

C'est lui qui le tuerait, Saturnin... Tu les connais
pas, ce sont des bandits. Quand une femme est dans
leurs griffes, personne ne peut la sauver... Ils met-
traient le feu à la ferme...

SATURNIN

A notre ferme?

ANGÈLE

Oui!

SATURNIN

Quand même, il y a de drôles de personnes... On a
beau être dessalé, on en apprend tous les jours de
nouvelles... Alors, qu'est-ce qu'il faut faire?

ANGÈLE

Oh! rien, va-t'en!

SATURNIN

Tu crois?

ANGÈLE

Oui... Ecoute, Saturnin, tu m'as toujours obéi,
puisque je te le demande, va-t'en, et ne dis rien à
personne...

SATURNIN

Ce garçon, il a de la famille?

ANGÈLE

Oh! je ne sais pas...

SATURNIN

Mais pardi, c'est ça, c'est parce qu'il n'a jamais reçu de bons conseils. Personne ne l'a raisonné. Tu crois pas que si, moi, je le raisonnais un peu, il comprendrait que ce qu'il fait ce n'est pas convenable?

ANGÈLE

Oh! mais non. Ne dis donc pas de bêtises, va... Ecoute, va-t'en et laisse-moi réfléchir.

SATURNIN

Jusqu'à quand?

ANGÈLE

Je t'écrirai à la poste restante.

SATURNIN

Mais je sais pas lire.

ANGÈLE

Tu feras lire la lettre par Monsieur le Curé... Il ne dira rien à personne... Ce sera comme un secret de confession...

SATURNIN

Bon.

Va-t'en, j'ai peur qu'il revienne et qu'il te prenne pour un client.

SATURNIN

A part ça, tu as une bonne figure. Tu as de jolies couleurs.

ANGÈLE

C'est de la peinture. Ne me touche pas... Va-t'en, va-t'en...

SATURNIN

Adieu, Demoiselle.

Il sort.

SUR LE PALIER

Saturnin frappe à la porte de Florence.

SATURNIN

Pardon, Madame, excusez-moi. C'est encore moi.

FLORENCE

Alors, tu l'as vue ton Angèle?

SATURNIN

Oui, je l'ai vue, merci... Elle va bien... Merci... Elle va très bien... Je voudrais vous demander : où c'est que je pourrais trouver son Monsieur?

FLORENCE

Tu veux dire le Louis?... Qu'est-ce que tu lui veux?...

SATURNIN

Le voir, par curiosité... Lui parler, si nous avons le temps...

FLORENCE

Je te conseille pas de lui parler... Il est méchant comme la gale...

SATURNIN

Tiens, c'est drôle ça. Et où il est? Vous le savez?

FLORENCE

Regarde un peu au bar du coin, là-bas. C'est un jeune homme avec une casquette grise et des souliers clairs. Mais surtout, n'entre pas dans le bar. Tu n'y serais pas bien reçu...

SATURNIN

Je vous remercie, Madame... Vous êtes bien gentille, bien gentille...

FLORENCE

Bon Diou, qué malheur... Adieu, beau blond...

SATURNIN

On me l'a jamais dit, vous savez, ça... Au revoir, Madame.

Il sort.

LA RUE

Saturnin, devant le bar, regarde et s'éloigne. Il se poste au coin de la rue.

INTÉRIEUR DU BAR

Le Louis est au comptoir avec le patron du bar.

LOUIS
Ça va aller comme ça. Tu as compris?

LE PATRON
Compris.

LOUIS
Allez, bonsoir.

Il sort. Il s'en va le long du trottoir. Saturnin le suit d'assez loin. Le Louis monte dans un tramway. Saturnin monte également. On les voit dans le tramway, l'un derrière l'autre. Puis, le Louis descend. Saturnin descend aussi, et le suit. Le Louis s'arrête et Saturnin le rejoint.

SATURNIN
Monsieur Louis... Monsieur Louis...

LOUIS
Quoi?... Qu'est-ce que c'est?...

SATURNIN
Je voudrais vous parler.

LOUIS
Qui est-ce qui t'envoie?

SATURNIN
Moi? Personne m'envoie... Je m'envoie tout seul...

Il rit.

LOUIS
Alors, qu'est-ce que tu me veux?

SATURNIN
Je voudrais vous parler d'Angèle.

LOUIS
Qui ça, Angèle?... Moi, je connais pas d'Angèle.

SATURNIN
Vous savez bien... Celle que vous avez prise dans une ferme et qui habite à cette adresse.

Il lui tend un papier.

LOUIS
Connais pas...

SATURNIN
C'est vrai, vous l'appelez Mireille; mais c'est la même. Je l'ai vue... Je viens de la voir et de lui parler. Et alors, maintenant, j'ai voulu vous parler à vous...

LOUIS
C'est pas le moment et c'est surtout pas l'endroit... Allez, fous le camp...

SATURNIN
Mais si, c'est le moment, croyez-moi. Faites pas l'obstiné, Monsieur Louis, faites pas l'obstiné... Ecoutez : je voudrais vous faire comprendre...

LOUIS
Comprendre quoi?

SATURNIN

Notre Angèle, n'est-ce pas, c'est une fille admirable. Il faut vous dire que moi, je l'ai vue naître, je l'ai portée sur mon dos bien souvent. Et quand elle avait cinq ans, et qu'on la mettait sur le mulet, moi j'étais jaloux du mulet... Vous comprenez, Monsieur Louis?

LOUIS

Tu es son parent?

SATURNIN

Non, non. Ça non... Mais je suis un enfant de l'Assistance... Comme vous, peut-être?...

LOUIS

Dis donc?... C'est à moi que tu dis ça?

SATURNIN

Excusez-moi, Monsieur Louis, je ne le disais pas pour vous fâcher, au contraire. C'était une excuse que je vous avais trouvée. Je m'étais dit : « C'est parce qu'il n'a pas de famille que ce garçon ne comprend pas... » Mais écoutez, elle ne veut plus rester à la ville, Angèle... Elle veut retourner à la ferme. Monsieur Louis, il faut la laisser partir avec moi...

LOUIS

Ça, ça n'a rien à faire... Et si tu essaies de l'emmener, tu me reverras là-haut à la ferme, tu entends? Et la baraque, tu la verras brûler... Tu as compris... Angèle est très heureuse comme elle est, moi je n'ai rien à te dire, tu comprends?... Allez, va-t'en, et tu peux le dire à ses parents...

92

SATURNIN

Elle dit qu'elle a peur de vous. C'est vrai qu'elle a peur de vous?... Si elle avait pas son enfant, elle vous tuerait...

LOUIS

Elle t'a dit ça?

SATURNIN

Oui, elle me l'a dit.

LOUIS

Qu'est-ce qu'elle va prendre!... Ça va lui coûter cher...

SATURNIN

Vous allez la battre, vous allez la battre...

LOUIS *(il tire un revolver de sa poche)*
Tu sais ce que c'est ça?

SATURNIN

C'est pour tuer le monde!

LOUIS

Bon, alors fous le camp... Tu as compris, je te défends de venir la voir, autrement tu auras affaire à moi!

Le Louis s'en va. Saturnin s'assoit et se met à défaire posément la ficelle qui entoure le paquet d'où dépasse la faucille.

LA CHAMBRE D'ANGÈLE

Florence lui tire les cartes.

FLORENCE *(elle pose une carte)*
De l'argent... (*Elle pose une seconde carte.*) Ah!
tiens, de l'amour...

On entend un pas dans l'escalier.

ANGÈLE
Voilà du monde.

La porte s'ouvre. Saturnin entre.

SATURNIN
Excusez-moi si je vous dérange... Bonjour,
Madame...

ANGÈLE
Tu n'es pas parti?

SATURNIN
Non, Demoiselle, excusez-moi. Je voulais pas partir sans toi. Maintenant, tu peux faire tes paquets.

ANGÈLE
Tu sais bien ce que je t'ai dit.

SATURNIN
J'ai vu le Louis, je lui ai parlé...

ANGÈLE
Tu lui as parlé?

SATURNIN

Oui.

ANGÈLE

Qu'est-ce que tu lui as dit?

SATURNIN

La meilleure chose que je lui ai dit, c'est un coup de faucille.

ANGÈLE

Tu l'as blessé?

SATURNIN

Je l'ai tué. Je lui ai donné un coup de faucille, ici. (*Il montre sa nuque.*) C'est un endroit qu'il faut faire attention.

FLORENCE

Un crime?

SATURNIN

Qué crime? Je l'ai tué... Non, c'est pas un crime...

ANGÈLE

Tu es sûr qu'il est mort?...

SATURNIN

J'aurais cru lui couper la tête d'un seul coup; mais après j'ai vu qu'elle tenait encore un peu. C'est vrai, c'est vrai que c'est épais. (*Il se tâte le cou.*) Mais pour ce qui est d'être mort, tu peux être tranquille. Il est mort comme un gigot.

Mais où est-il?

SATURNIN

C'est loin, au bord de la mer. J'avais jamais vu la mer, j'en ai profité pour la regarder... C'est grand!...

DANS UN CHAMP

Albin et Amédée sur une charrette de foin.

AMÉDÉE

Tu te rappelles pas ces blés, juste sous la ferme de la petite? Au fond du vallon de Passe-temps?

ALBIN

Oui, je me souviens.

AMÉDÉE

Eh bien, c'est ça. Trente-deux francs par jour, logé et un litre de vin. Moi, j'ai envie d'y aller; mais j'ai pas osé dire oui à cause de toi. J'ai pensé que peut-être tu voudrais pas y retourner.

ALBIN

Moi, pourquoi? Au contraire, ça me plairait d'y retourner.

AMÉDÉE

C'est dans deux mois : les moissons et la foulaison. On s'embauche?

ALBIN

J'en suis. J'en suis. Ça me fait plaisir d'y retourner... Ça me fait... Ça me fait plaisir...

AMÉDÉE

Alors ça y est. Je vais lui dire oui ce soir, au bistrot. Tu n'as pas peur?

ALBIN

Peur de quoi?

AMÉDÉE

Peur que ça te reprenne, pour la petite...

ALBIN

Oh! maintenant c'est vieux; ça fait quinze mois...

DEVANT LA DOULOIRE

Saturnin et Angèle arrivent. Angèle porte son fils dans ses bras.

SATURNIN

Ecoute, tu vas rester dans la remise. Moi, je vais aller préparer la chose... Je leur raconterai ce que nous avons dit, et après je dis que tu es là. Et après, je viens te chercher.

ANGÈLE

Va vite.

Saturnin s'en va. Angèle pose son petit dans la charrette. Elle attend.

DANS LA CUISINE DE LA DOULOIRE

PHILOMÈNE
Le voilà!

Devant la porte, on voit Saturnin qui se gratte la tête avec force, qui hésite, qui se retient. Brusquement, la porte s'ouvre. Clarius paraît.

CLARIUS
Alors, quoi? Tu entres ou tu n'entres pas? Qu'est-ce que c'est cette comédie? Tu nous regardes par le trou de la serrure, malfaiteur?

SATURNIN
Je veux entrer... J'avais peur de déranger...

PHILOMÈNE
Eh bien, rentre, Saturnin, rentre.

Saturnin entre. La porte se referme.

SATURNIN
Voilà les outils. Ça fait 83 francs 60. C'est tout écrit sur ce papier.

PHILOMÈNE
Tu as bien fait tout ce que tu avais à faire?

SATURNIN
Oui.

PHILOMÈNE
Tu n'as rencontré personne de connaissance?

SATURNIN

Non, maîtresse. Non... Tiens, en y réfléchissant bien, j'oubliais de vous le dire. J'ai rencontré la Demoiselle.

CLARIUS

Quelle demoiselle?

SATURNIN

La nôtre.

PHILOMÈNE

Sainte Vierge! Où elle était? Qu'est-ce qu'elle t'a dit?

CLARIUS

Tais-toi. Une fois pour toutes, j'ai défendu qu'on en parle ici. C'est compris? Va te déshabiller, carlamentran. Et pas un mot, sinon tu quittes la maison.

Saturnin sort.
Dans la remise Angèle caresse le mulet.

DANS LA CUISINE

Les deux vieux sont assis. Saturnin entre, il s'assoit. Il mange.

CLARIUS

Elle est mariée?

SATURNIN

Non.

Après un silence.

Elle se porte bien?

Non.

Philomène se met à pleurer.

Si tu veux pleurer, va pleurer ailleurs.

Pourquoi tu ne l'as pas ramenée?

Je l'ai ramenée. Elle est dans la remise.

Ma petite... Ma petite...

Philomène se lève et sort en courant.

Viens ici! Nom de Dieu, viens ici!

Saturnin se jette devant lui.

Maître, tu es bon avec tous, maître... Sois bon avec les tiens...

Lève-toi de là, sans famille.

Maître, tu juges si bien pour les autres, ne juge pas mal pour les tiens... Maître, juge bien ta fille...

Il le retient.

DEVANT LA REMISE

Philomène se jette sur sa fille et la prend dans ses bras, en pleurant.

ANGÈLE

Pardon, maman... Pardon...

PHILOMÈNE

Ma petite... Ma petite... Fais-toi voir. (*Elle l'embrasse.*) Viens, viens... Nous allons lui demander pardon toutes les deux... Il ne te touchera pas, viens...

ANGÈLE

Maman... Je ne suis pas seule. J'ai mon enfant...

PHILOMÈNE

Un petit? Où est-il?

ANGÈLE

Le voilà!

Philomène le prend dans ses bras. Elle le regarde.

PHILOMÈNE

Mon Dieu, qu'il est beau!

DANS LA CUISINE DE LA FERME

Angèle entre. Elle porte son enfant dans ses bras.

CLARIUS

A qui il est ce petit?

ANGÈLE

Il est à moi.

CLARIUS

A toi seule?

ANGÈLE

A moi seule.

CLARIUS

Maintenant, au moins, nous savons qu'il ne peut rien nous arriver de pire. (*Un temps.*) C'est un grand malheur que tu sois partie. C'est un autre malheur que tu sois revenue. Et c'est encore un malheur plus affreux que tu nous apportes ce bâtard. Je ne te demande pas d'explications; mais cet enfant, je ne le veux pas. Il n'est pas de chez nous. Si tu l'avais fait comme il faut, ça serait été, pour cette maison, le plus beau cadeau du Bon Dieu. Mais de la façon que tu l'as fait, ce n'est rien pour nous. C'est notre malheur qu'il respire. C'est une honte qui bouge et qui crie. Maintenant tu es revenue toute maigre et toute sale, tant pis pour toi! Tu l'as voulu. Si tu veux partir, va-t'en. Si tu veux rester, toi, je veux bien vous nourrir tous les deux; mais en secret. Ce que je t'offre, ce n'est pas une maison : c'est une cachette. C'est de ça que tu as besoin. Dis si tu veux rester...

PHILOMÈNE

Oui, Clarius, elle veut rester.

CLARIUS

Alors, menez-la dans la cave de derrière, et rapportez-moi la clef. Et souvenez-vous que personne ici ne doit savoir cette honte qui nous vient de la ville. Allez, et ne m'en parlez plus jamais.

Ils sortent. Clarius reste seul.

DEVANT UNE GRANGE

Amédée et Albin se préparent à partir.

AMÉDÉE

On va boire un coup?

ALBIN

Non, pas moi. Je n'y vais pas.

AMÉDÉE

Pourquoi? C'est notre dernier jour ici. Tu veux pas venir boire un verre? Qu'est-ce qui te prend?

ALBIN

Ecoute, Amédée. Je t'ai menti, ça ne me ressemble guère; mais je t'ai menti...

AMÉDÉE

Et quand?

ALBIN

Tous les jours, depuis que nous nous sommes retrouvés. Tous les jours. A cause d'Angèle Barbaroux. J'ai fait celui qui n'y pense plus guère; mais ça n'était pas vrai.

AMÉDÉE

Tu crois que je ne le savais pas? Ah! mon pauvre, ça se voit si bien quand tu dors! Je te regarde quelquefois, le soir, sur ta paillasse, et je remarque sur ta figure toutes les marques de ton mal... Ça t'a mis comme un mors dans la bouche, un bon bridon, et ça te mène où ça veut. Et ça a gâté le coin de tes lèvres. Ça se voit bien...

ALBIN *(las)*

Qu'est-ce que tu veux que j'y fasse? (*A voix basse et comme honteux.*) J'ai demandé, en bas au village, où elle était; on ne sait pas; on ne l'a pas revue.

AMÉDÉE

Moi aussi, j'ai demandé. On m'a dit pareil... Mais il y a pourtant des gens qui doivent bien savoir où elle est : c'est ceux de sa famille. Tu y es allé?

ALBIN

Non, non. (*Brusquement.*) Et d'abord, je ne veux plus penser à tout ça. Il faut que ça finisse. Je suis ici à me pourrir : j'ai plié mon paquet, et je décampe. Je remonte chez nous, à Baumugnes, dans la montagne.

AMÉDÉE

Ecoute, ne pars pas tout de suite; quitte ce village, oui, c'est bon. Mais ne remonte pas jusqu'à ton pays tout de suite. Sitôt arrivé, il se refermera sur toi, et alors, plus jamais de remède, plus jamais. Et cette chose-là, jusqu'à la fin des fins, mélangée à l'air que tu respires. Tu m'entends? Ecoute. Les batailles avec

les mauvaises choses, ça dure toujours longtemps;
mais même quand on a touché des deux épaules, il
faut jamais dire : c'est fini, on se relève et on
recommence, et à la fin, c'est ton malheur qui reste
par terre. Crois-moi. Crois le vieux papa des familles
qui sait quand même encore un peu se bouger dans
la vie.

ALBIN

Tu es brave, Médée; mais qu'est-ce que tu peux
faire pour moi?

AMÉDÉE

Ecoute; je vais y aller, moi, à cette ferme. Je saurai
de quoi il retourne et je reviendrai te le dire. Toi,
attends-moi.

ALBIN

Et où?

AMÉDÉE

Va jusqu'aux Plâtrières, sous Tête-Rouge, puis, à
main droite, entre deux amandiers, tu prendras le
chemin de terre. Là, demande la ferme d'Esménarde.
C'est au fond de la route, sous des mûriers de Chine.
Tâche de voir la femme en premier; c'est elle qui
commande là-dedans, et à te dire franchement, j'ai
couché avec elle pendant plus d'un an. Dis-lui : « Je
viens de la part d'Amédée », et ça ira.

ALBIN *(il réfléchit un moment)*

Bon, je veux bien essayer... Je vais aller t'attendre
là-bas...

AMÉDÉE

Tu pars tout de suite?

ALBIN
Oui, j'y vais.

AMÉDÉE
Tu feras ce qu'il y aura à faire. Méfie-toi : y a une truie qui mord. Donne-lui à manger sans entrer : c'est la noire. Moi, je saurai vite ce que je veux savoir. Je monte aux Plâtrières, je te le dis, et alors, petit, alors seulement, va-t'en chez toi. On aura fait tout ce qu'il y avait à faire.

ALBIN
Je t'attendrai jusqu'à septembre. Jusqu'à septembre vers le milieu. Je ne peux pas plus.

AMÉDÉE
Ne t'inquiète pas garçon. J'y serai avant.

Albin part.

DANS LA CAVE DE LA DOULOIRE

Angèle fait la toilette de l'enfant. Philomène entre avec une tasse dans les mains.

PHILOMÈNE
Tiens, ma chérie... Donne-moi le petit...

ANGÈLE *(elle donne l'enfant. Elle prend la tasse)*
Où est le père?

PHILOMÈNE
Avec Saturnin. Ils sont au jardin.

106

ANGÈLE

Il t'a parlé de moi, hier?

PHILOMÈNE

Non. Il ne m'a rien dit. Il a mal. Maintenant il devient comme fou. Il a défendu au facteur de venir ici...

ANGÈLE

Peut-être il a peur qu'on m'apporte une lettre?

PHILOMÈNE

Je ne sais pas. Il nous fait peur. Dès qu'il voit quelqu'un sur la route, il prend son fusil... Et ce bras qui gonfle. Et il ne veut pas qu'on le soigne. Je ne sais plus quoi faire.

DANS LA CAMPAGNE

Amédée marche à travers champs. Il s'arrête.

AMÉDÉE *(à lui-même)*

Si je me donnais un petit coup de rasoir?... Là, te voilà rasé. (*Il met sa belle salopette bleue.*) Voilà. Juste ce qu'il faut. Propre et pas jeune...

Il part. On le suit un moment. Arrive un homme en sens inverse.

AMÉDÉE

Pardon, Monsieur. Est-ce que vous auriez pas l'obligeance de me dire si cette ferme-là ce ne serait pas la Douloire?

LE MONSIEUR

Ah! mon garçon! J'en sais pas plus que toi! Moi je suis de la ville.

AMÉDÉE

Ça se voit.

LE MONSIEUR

Je fais les assavoirs pour l'enterrement de la belle-mère de Justinien. Cette ferme-là, je sais que les fermiers s'appellent Barbaroux.

AMÉDÉE

Alors, c'est bien ça. C'est la Douloire.

LE MONSIEUR

Et tu y vas?

AMÉDÉE

Oui, j'y vais.

LE MONSIEUR

Eh bien, je te souhaite bonne chance. Je t'avertis que le vieux est fou.

AMÉDÉE

Peuchère, fou? Vous voulez dire peut-être momo?

LE MONSIEUR *(scientifique)*

Je ne veux pas dire momo. Je veux dire fou. Tout à l'heure, quand j'ai voulu entrer, il ne m'a pas laissé avancer. Il m'a arrêté au bout de son fusil.

AMÉDÉE *(indigné)*

Il vous visait?

LE MONSIEUR *(assez fier)*

Oui, et il s'en est fallu d'un poil qu'il me foute un coup de fusil. Alors, de loin, je lui ai dit : « Je viens vous annoncer une triste nouvelle. » « Fous le camp », qu'il me dit. « La belle-mère de Justinien est morte », je lui dis. Alors il me dit : « Morte ou vivante, je l'emmerde. » Alors, je n'ai pas insisté. (*Il rit doucement et il s'en va.*) Allons, bonsoir mon garçon, et... bon courage.

AMÉDÉE *(seul)*

Oh! Nom de Dieu! Il ne manquait plus que ça! Un coup de fusil, à moi, un coup de fusil! Eh bien, c'est une drôle de famille.

Il s'arrête et se parle à lui-même.

AMÉDÉE

Alors, Médée, tu y vas ou tu y vas pas? (*Brusquement il se décide.*) Té, tu y vas pas!

Il repart en sens inverse. Puis il ralentit. Il hésite. Il s'arrête.

Oui, mais l'Albin, qu'est-ce qu'il va dire? (*Il réfléchit encore.*) Et puis cet homme, peut-être qu'il vous vise; mais peut-être qu'il tire pas? Tant pis. J'y vais. Amédée, mon ami, personne ne t'a forcé à te mettre dans cette histoire. Maintenant que tu y es, avance! Avance; mais fais-toi mince!

Il se dirige vers la Douloire.

DANS LA CUISINE DE LA DOULOIRE

Clarius, le bras gauche en écharpe, est assis au coin du feu. Il se lève, va à la fenêtre, soulève le rideau, et aperçoit Amédée. Il décroche son fusil et sort. Il arrive devant Amédée.

CLARIUS *(brutal)*

Où tu vas?

AMÉDÉE

Excusez-moi si je vous dérange... Je venais voir si on ne voudrait pas, par hasard, un homme pour fouler?

CLARIUS *(mauvais)*

Allez, allez, trace de la route, fainéant! On n'a pas besoin de toi ici.

AMÉDÉE *(piteux)*

Ecoutez, patron, je suis pas un mauvais diable... Tournez un peu le fusil de l'autre côté, sans vous commander... Je ne demande pas de soupe pour rien. Je sais travailler et je suis souple au commandement... Prenez-moi. Je me fais vieux... On ne me veut plus dans les grosses fermes. Alors, si on ne me demande pas dans les petites, il faut que je crève?

CLARIUS

Tu peux crever. Il en restera toujours trop de ta qualité. *(Menaçant.)* Allez, débarrasse!

AMÉDÉE *(suppliant)*

Patron...

CLARIUS *(il le met en joue)*

Tu veux que je te le foute le coup de fusil? Dis, tu le veux?

AMÉDÉE *(se reculant)*

Tirez pas, nom de Dieu, ne tirez pas!

On entend une voix de femme à l'intérieur de la ferme.

LA VOIX

Qu'est-ce que c'est encore?

Philomène apparaît sur la porte. Elle retient le bras de Clarius.

PHILOMÈNE

Encore le fusil, Clarius? Toujours ça à la main? Tous ceux qui passent, alors, tous ceux qui pourraient venir te demander un peu de l'eau de ton puits, ou une tranche de ton pain? Tu as désappris la bonté maintenant? Et qu'est-ce qu'il t'a fait celui-là? Tu ne vois pas que c'est un vieux?

AMÉDÉE *(à part)*

Oh! un vieux!... *(Il s'avance.)* Salut, maîtresse.

PHILOMÈNE

Qu'est-ce que tu veux, toi, brave homme?

AMÉDÉE

Maîtresse, moi comme ça, je suis à chercher du travail. Je demandais si des fois, pour les foulaisons, ou autre...

PHILOMÈNE

On pourrait peut-être s'arranger.

CLARIUS

A quoi veux-tu qu'il nous serve. Tu ne vois pas qu'il a une tête de voleur de poules!

PHILOMÈNE

Clarius, ne fais pas le mulet. Avec ton bras fada, tu en as pour trois mois. Dis, l'homme, qu'est-ce que tu demanderais?

AMÉDÉE

Attendez que je calcule.

PHILOMÈNE

Tu sais, il faudrait monter tout le foulage. Nous avons un mulet et Saturnin. Mais Saturnin, nous n'y comptons guère. (*A voix basse à Clarius.*) Rien à craindre avec celui-là.

AMÉDÉE

Douze francs par jour, maîtresse, avec la soupe et le coucher.

PHILOMÈNE (*à Clarius*)

Ça va?

CLARIUS

Pour un bon à rien, c'est douze francs de trop. Mais si tu veux gaspiller tout l'argent, donne-les-lui.

PHILOMÈNE

Ça va.

AMÉDÉE

Je peux commencer tout de suite. Ce qu'on fait ce soir, demain c'est plus à faire.

PHILOMÈNE

C'est ça, mon garçon. Tu commenceras à nettoyer l'écurie et préparer l'aire pour demain... Les outils sont là derrière.

AMÉDÉE

Merci.

Il va sous un appentis. Une brouette sans roue, un râteau édenté, une fourche au manche cassé.

AMÉDÉE *(seul)*

C'est ça les outils?

Il prend la fourche et va vers l'écurie. En tournant le coin de la grange, il rencontre Saturnin, qui éclate de rire.

AMÉDÉE

Et alors, ça va pas mieux?

SATURNIN

Et qu'est-ce que tu viens faire, toi, là?

AMÉDÉE

Moi? Je vais travailler.

SATURNIN

Tu as vu le patron?

AMÉDÉE

Bien sûr.

SATURNIN

Et tu as pas reçu de coup de fusil?

AMÉDÉE

Dis donc, est-ce que j'ai une gueule à recevoir des coups de fusil? Tu ne m'as pas regardé? J'ai vu le patron, et il m'a serré la main, et il m'a dit : « Bonjour, Monsieur. Ce serait-il pas un effet de votre bonté d'aller me curer l'écurie? » Ça ne se refuse pas, et j'y vais...

Saturnin le regarde, stupéfait.

AMÉDÉE

Et toi, qui tu es?

SATURNIN

Moi, je suis Saturnin.

AMÉDÉE

Eh bien, tu es bougrement mal embraillé, Saturnin!

Il s'en va.

DEVANT LA FERME DE L'ESMÉNARDE

Albin arrive. L'Esménarde paraît. C'est une femme plantureuse qui approche de la cinquantaine.

L'ESMÉNARDE

Bonjour, jeune homme. Qu'est-ce que tu veux?

ALBIN

Je viens de la part d'Amédée.

L'ESMÉNARDE *(joyeuse)*

Et qu'est-ce qu'il devient, ce grand fainéant?

ALBIN

Il travaille, Maîtresse. Il travaille dans une ferme vers Marigratte...

L'ESMÉNARDE

Et pourquoi il t'envoie?

ALBIN

Pour travailler chez vous, Maîtresse. Si vous avez besoin d'un valet de ferme...

L'ESMÉNARDE

Fais-toi un peu voir. Tu as l'air solide... (*Elle lui tâte les bras.*) C'est du bon... Quel âge as-tu?

ALBIN

J'ai vingt-six ans, Maîtresse.

L'ESMÉNARDE

Mon Dieu que c'est beau d'avoir vingt-six ans! Moi, j'en ai quarante. Oui, et encore je te dis pas la vérité. Ecoute, garçon, je n'aurais pas eu besoin d'un valet tout de suite; j'aurais pu attendre quelques jours. Mais enfin, puisque tu viens te présenter de la part d'Amédée, on pourra s'arranger! Entre, garçon...

Il entre. Elle le suit.

DEVANT LE SOUPIRAIL DE LA CAVE
DE LA DOULOIRE

Saturnin, dehors, parle à Angèle, qui est à l'inté-
rieur de la cave.

SATURNIN

Je le connais pas. Je l'ai jamais vu.

ANGÈLE

Comment est-il?

SATURNIN

Il a l'air vieux... Il a pas une vilaine figure. Il a
bien l'air d'un homme de la campagne.

ANGÈLE

Tu as regardé ses mains?

SATURNIN

Non. Je sais même pas s'il en a. Je veux pas dire
qu'il est manchot. Je veux dire que ça ne m'est pas
venu à l'idée de regarder ses mains. Pour quoi
faire?

ANGÈLE

Pour voir si elles sont dures, s'il y a de la corne
dedans, comme dans les mains des paysans.

SATURNIN

Ah oui!

ANGÈLE

Si tu lui demandes, il va se méfier... Serre-lui la
main comme pour lui dire bonjour... Serre-lui la
main plusieurs fois...

SATURNIN

Oui, ça je vais le faire, et après je viendrai te le
dire... Tu crois qu'il est venu pour mettre le feu?

ANGÈLE

Je ne sais pas... J'ai peur... Surveille-le bien... Ne le
quitte pas de l'œil...

SATURNIN

N'aie pas peur. J'y tournerai jamais le dos.

On entend la voix de Philomène.

PHILOMÈNE

A la soupe! A la soupe!

SATURNIN

Quoi? (*A Angèle.*) N'aie pas peur, je vais y toucher
la main.

Il se lève et il part.

LA CUISINE DE LA DOULOIRE

Philomène, Amédée et Clarius sont à table. Satur-
nin entre. Il s'avance vers Amédée.

SATURNIN

Bonsoir, Amédée.

Il lui serre la main.

AMÉDÉE *(surpris)*

Bonsoir.

SATURNIN

Bonsoir, Amédée.

Il lui serre de nouveau la main.

CLARIUS

Tu veux pas l'embrasser, non? Parce que si tu veux l'embrasser ne te gêne pas.

SATURNIN

Je veux pas l'embrasser, j'en ai pas envie.

CLARIUS *(à Saturnin)*

Assieds-toi. Où tu étais?

SATURNIN

Dehors. Là-bas, derrière.

CLARIUS

Qu'est-ce que tu faisais?

SATURNIN

Hum... Je faisais un pipi... Il faut bien quelquefois, n'est-ce pas? Il faut bien! Hum...

Il rit, et commence à manger sa soupe.
Dans la cave Angèle mange sa soupe.
On revient à la cuisine de la Douloire.

CLARIUS *(à Saturnin)*

Demain matin, tu attelleras le mulet de bonne heure. J'irai en ville voir le docteur pour cette saloperie de bras. Tu as compris?

SATURNIN

Oui, maître.

118

CLARIUS *(à Amédée)*

Toi, ta chambre c'est dans le vieux four. C'est pas grand; mais il y en a assez pour toi.

Amédée sort.

AMÉDÉE *(seul)*

Oh! Quelle famille...

DEVANT LE FOUR

Amédée et Philomène, qui est allée le rejoindre.

PHILOMÈNE

Amédée... C'est bien Amédée qu'on te dit?

AMÉDÉE

Oui, c'est Amédée.

PHILOMÈNE

Ecoute, Amédée, il faut que je te parle. Je ne te connais pas; mais tu as l'air d'une brave personne, bien dévouée; ça m'adoucit le cœur de te savoir ici. Je veux te parler un peu sur ce train que nous menons ici à la ferme, pour que tu ne croies pas des choses qui ne sont pas.

AMÉDÉE

Oh! moi, je ne crois rien, Maîtresse.

PHILOMÈNE

Clarius, il ne parle guère; mais ce n'est pas par fierté. Il t'a reçu au bout de son fusil; mais ce n'est pas de méchanceté. Tu l'aurais connu autrefois, tu aurais dit : « C'est la crème des hommes. » Mais maintenant, il jure sur le nom de Dieu tous les jours, c'est parce qu'on ne sait plus où donner de la tête, on est de gros malheureux... Je ne peux pas te dire pourquoi; mais on est de gros malheureux...

AMÉDÉE

Pourquoi vous me dites tout ça, Maîtresse?

PHILOMÈNE

Pour que tu sois bien souple avec lui. Je te le demande, fais-toi une excuse une bonne fois pour toutes les saletés qu'il te dira et ferme les oreilles... Voilà ce qu'il faut que tu te dises : quand il fait le mal, c'est le bien qu'il voudrait faire; seulement, il ne sait plus. C'est un vent qui le porte, il entend tout de travers, il voit tout de travers, il ne faut pas lui en vouloir, il a bon fond...

AMÉDÉE

J'ai compris, Maîtresse. Même s'il me dit les mots les plus pires, je ne lui répondrai pas, et je resterai quand même.

PHILOMÈNE

Merci. Et moi, des fois, si tu me vois rester avec la cuillère à la main, ou si je ne te sers pas à ton tour, il ne faut pas m'en vouloir. Prends dans la marmite toi-même, à ton service, comme si tu étais chez toi. Si des fois je te rencontre dans les champs ou près de la maison, et que je passe près de toi sans rien te dire, ne pense pas à la fierté; ça me ferait de la peine. Pense que je suis en train de chercher une place où mon mal soit plus tranquille. Bonsoir, Amédée.

LA CHAMBRE D'ALBIN

Il est sur son lit. La porte s'ouvre. L'Esménarde entre.

L'ESMÉNARDE
Alors, je vais me coucher.

ALBIN
Oui, Maîtresse.

L'ESMÉNARDE
Ça te convient, ici?

ALBIN
Oui, Maîtresse.

L'ESMÉNARDE
Tu n'as pas peur, la nuit?

ALBIN
A mon âge, ça serait malheureux.

L'ESMÉNARDE
Tu as de la chance. Moi j'ai tout le temps peur. Je tremble comme une feuille. Mon mari n'est jamais là... Tu comprends? Il me laisse tout le temps seule. Et si je trouvais un garçon à mon goût, tu crois que je serais bien coupable? Et le garçon, lui, même le plus honnête, tu crois qu'il serait forcé d'avoir des remords?

ALBIN
Je ne sais pas, Maîtresse. Tout ça c'est difficile à dire.

L'ESMÉNARDE

Il n'y a rien d'aussi bête qu'un homme. C'est pour mon mari que je dis ça... Tiens, regarde-le, cet imbécile. Toujours le même, depuis quinze ans... Chaque soir, on verra ce fanal qui monte sur les pentes de Ganagobie... Toujours le même, toujours pas plus de souci pour sa femme... Ce n'est pas pour dire... Mais enfin, je suis jeune, moi. Et toi, tu es beau garçon... Eh bien, lui, vaï, il ne s'en fait pas pour si peu... Il siffle son chien, il allume son fanal, il bourre ses quatre pipes pour les avoir toujours prêtes et toutes froides sous la main, et en avant devant les moutons. Et maintenant, si vous voulez vous frotter, vous deux, frottez. Moi, je m'en fous. Je suis en bois d'arbre... C'est ça qu'il veut dire par sa conduite. Moi, je le sens très bien. Et toi?

ALBIN

Moi, je ne le sens pas... Je ne sais pas.

L'ESMÉNARDE

Bon. Bon...

Elle sort.

DEVANT LE SOUPIRAIL DE LA CAVE

SATURNIN

Toute la nuit, toute la nuit il a bougé. C'est un chercheur. Il a ouvert toutes les portes. Il s'est promené pieds nus, avec une lampe électrique, comme un mystérieux.

ANGÈLE

J'en étais sûre.

122

SATURNIN

Et le plus pire c'est que le Maître part aujourd'hui à la ville. Je reste seul avec lui. Tu vois pas qu'il me fasse le coup du père François?

ANGÈLE

Ecoute, s'il y a du danger, ce n'est pas pour aujourd'hui... Tâche de le faire passer que je le voie...

SATURNIN

Je l'emmènerai ici pour déjeuner. Je le ferai mettre ici...

ANGÈLE

Tu as regardé ses mains?

SATURNIN

J'ai bien senti une corne, mais je sais pas si c'est pas la mienne, tu comprends; alors je vais recommencer.

On entend une voix : « Saturnin! » Il part en courant.

DEVANT LA FERME

CLARIUS

Saturnin!

Il arrive en courant.

CLARIUS

Ça ne te fait rien que j'aie mal à ne plus savoir où me mettre? Ça devrait être prêt depuis une heure!

SATURNIN

C'est prêt, Maître...

CLARIUS *(à Amédée)*

Et cet autre-là, ce saligaud qui n'en fout pas un coup... A coups de fusil, nom de Dieu, à coups de chevrotines dans la gueule! *(A Saturnin.)* Et le fouet? Où est le fouet?

SATURNIN *(il court)*

Le voilà, Maître.

CLARIUS *(à Philomène)*

Toi, monte là-dessus, nom de Dieu.

Elle monte dans la voiture. Clarius ferme la porte de la ferme à double tour et monte dans la voiture.

PHILOMÈNE *(à Amédée)*

Mon garçon, c'est l'usage. On ferme ainsi à la Douloire quand le maître s'en va. C'est pas méfiance, c'est l'usage. Demande à Saturnin...

CLARIUS

Qu'est-ce que tu as besoin d'expliquer? C'est comme ça, un point c'est tout. Si ce jean-foutre n'est pas content, qu'il change!

PHILOMÈNE

Je vous ai préparé le panier à tous les deux. Vous mangerez sous les arbres, ou dans la grange!

CLARIUS *(impatient)*

Oui, oui... ça va, ça va...

Ils partent. Amédée va vérifier la fermeture de la

*porte et des fenêtres. Tout est bien clos. Saturnin
s'avance vers lui.*

SATURNIN

Va, tu peux te fouiller, c'est bien fermé partout.
Chaque fois qu'ils s'en vont, c'est pareil.

AMÉDÉE *(furieux)*

Eh bien, c'est pas propre. Non, c'est pas propre.
Moi j'ai jamais vu ça. Il a peur qu'on y barbote son
escalier. Ça... ça ne sait pas plus vivre que rien du
tout!

SATURNIN

Ecoute, Amédée, je vais te dire, je vais te dire...

AMÉDÉE

Eh bien, dis-le.

SATURNIN *(prend la faucille, et s'enfuit.
Amédée le regarde, étonné)*

Tiens, je te le dis pas.

*Sur l'aire, attelé au lourd rouleau de pierre qui foule
le blé, le mulet tourne lentement.
Assis par terre, Saturnin et Amédée déjeunent
devant le soupirail de la cave.*

AMÉDÉE

Allez, bois, ma vieille branche!

SATURNIN

Non, non, Médée... C'est ton litre, ça. Moi, j'ai bu
le mien.

AMÉDÉE

Allez, allez, ferme cette boîte à musique.

Il trinque avec lui.

A la tienne, vieille couenne!

SATURNIN

A la tienne, Médée!

AMÉDÉE

Tu vas travailler longtemps ici?

SATURNIN

Moi? Depuis vingt ans je suis ici. Je suis un enfant
de l'Assistance. C'est Maître Clarius qui m'a pris
quand j'avais douze ans... Et depuis c'est comme ça.
Et voilà... voilà... voilà...

Il rit.

AMÉDÉE

Qu'est-ce qui te fait rire comme ça?

SATURNIN

Moi, je ne ris pas.

Il ricane.

AMÉDÉE *(insistant)*

Parce qu'il n'y a pas de quoi rire ici... Ils sont
tristes les patrons.

SATURNIN

Oui, ils sont beaucoup tristes...

AMÉDÉE
Ils ont l'air malheureux. Pourquoi?

SATURNIN
Oui, pourquoi?

AMÉDÉE
Allez, va, ne fais pas l'andouille. Tu le sais, toi, tu le sais très bien.

SATURNIN
Mais naturellement que je le sais.

AMÉDÉE
Alors, ils ont eu du malheur, hein?

SATURNIN
Tu peux même dire qu'ils n'ont eu que ça depuis quelque temps.

AMÉDÉE
Depuis longtemps?

SATURNIN
Assez oui... Toujours trop.

AMÉDÉE
C'est pas un gros renseignement.

SATURNIN
Non, pas gros. Pas gros.

AMÉDÉE
Enfin je ne sais pas si c'est de ça : mais il est plutôt bousculeur le patron.

SATURNIN

C'est de ça, pardi... C'est de ça... Si tu l'avais
connu avant... Tiens ce panier-là, tu vois, c'est lui
qui nous l'a préparé pendant que tu attelais... Seulement, tu comprends qu'une histoire pareille... Mais
dis, qu'est-ce que je te dis là?

AMÉDÉE

Tu disais : « Une histoire pareille »...

SATURNIN

Non, non Médée, tu veux me faire parler. J'aime
mieux pas finir le fricot... Non, non, j'aime mieux
pas...

Il se lève, il s'enfuit. Amédée le poursuit.

AMÉDÉE

Saturnin, té, ton fromage. *(Il le rattrape.)* Allons,
vieille couenne, n'aie pas peur... Va, je n'essaierai
plus de te faire parler... Tu es brave, Saturnin...

SATURNIN

Pourquoi tu dis que je suis brave?

AMÉDÉE

Toi, tu es un valet à l'ancienne mode. Tu es de la
famille, plus que si tu avais la viande et le sang... Et
pourtant tu n'es rien... Tu es Saturnin... On peut te
dire : « Saturnin, voilà ton compte. On n'a plus
besoin de toi, file. »

SATURNIN

Forcément, on peut me le dire, ça...

AMÉDÉE

Tu n'es rien... Eh bien je t'estime, Saturnin. Parce que tu as vu qu'entre le vin et moi on allait te faire parler, tu t'es dressé, tu as étendu les bras en ailes de pigeon, et tu es parti... Voilà comment je les aime les hommes... Il y en a bien encore quelques-uns de ce genre par ici... Ça vous console des autres. *(Sur l'aire le mulet s'est arrêté.)* Vé, vé, le mulet qui s'est arrêté. Ces bêtes-là, ça profite de tout. Va finir ton fromage.

Amédée tire le mulet par la bride.

Hue poulet, hue poulet!...

DEVANT LE SOUPIRAIL DE LA CAVE

SATURNIN *(accroupi)*

Angèle! Tu l'as bien vu?

ANGÈLE

Je le connais! La première fois que j'ai vu le Louis, cet homme était avec lui

SATURNIN

Ça y est, tu crois qu'il va mettre le feu! Demoiselle, qu'est-ce qu'il faut faire?

ANGÈLE

Il me cherche... Il me cherche... Il faut mentir... Ecoute, s'il te pose des questions, tu vas lui dire que je suis partie d'ici avec un autre homme.

SATURNIN

Bon, c'est un mensonge de finesse.

ANGÈLE

Tu diras que je suis partie en Amérique.

SATURNIN

Bon, ça ira tout seul.

SUR L'AIRE

Saturnin rejoint Amédée.
Tous deux s'assoient sur les brancards du rouleau de
pierre que le mulet continue à tirer.

SATURNIN

Ecoute, Amédée, je crois que tu es un bon ami,
parce que tu as une figure d'ami...

AMÉDÉE

Moi, je n'ai jamais fait de mal à personne...

SATURNIN

Ça se voit... Eh bien écoute : tu as deviné, ici, il
s'est passé de drôles de choses.

AMÉDÉE

Oui, je m'en doute bien. Aussi, après ce que tu
m'as dit, je veux plus te poser de questions.

SATURNIN

Eh bien, puisque tu demandes rien, moi je vais te
dire tout. Figure-toi que nous avions une fille;
Angèle elle s'appelait. Elle était brave comme tout.
Et puis un jour elle est partie avec un homme de la
ville.

AMÉDÉE

Ayayaïe!

SATURNIN

Oh! oui, ayayaïe! Parce que depuis, nous ne l'avons jamais plus revue.

AMÉDÉE

Elle a pas écrit?

SATURNIN

Oh! oui, ça oui. Elle nous a écrit une fois; mais tu sais...

AMÉDÉE

Et qu'est-ce qu'elle vous a dit?

SATURNIN

Elle dit qu'elle est en Amérique.

AMÉDÉE

Ayayaïe!

SATURNIN

Oh! oui, oui, ayayaïe! Là-bas à ce qu'il paraît qu'ils parlent tous anglais. Oui, et ils fument tous le cigare. Oui, et ils sont presque tous à cheval. C'est terrible, ça. Tu vois bien que ce sont des choses que j'inventerais pas; parce que moi, l'Amérique, je peux te jurer que j'y suis jamais été.

AMÉDÉE

Ayayaïe!

SATURNIN

Oh! oui, ayayaïe! C'est bien ce qu'il faut dire.

AMÉDÉE *(consterné)*

En Amérique... Alors on ne la verra plus?...

Non, on ne la verra plus...

AMÉDÉE *(tristement)*

Elle est partie pour de bon, et jamais plus rien d'heureux pour vous trois, ni pour l'autre qui l'attend...

SATURNIN

Quel autre?

AMÉDÉE

Un autre.

SATURNIN

Qui l'attend... Eh bien il l'attendra longtemps, va... Allez, hue, hue... Oh! ce cheval...

SUR LE CHEMIN DU RETOUR

Clarius et Philomène sont dans la charrette.

CLARIUS

Ils m'ont mis le bras dans une petite caisse.

PHILOMÈNE

C'est pas pour longtemps, Clarius.

CLARIUS

Ils l'ont mis entre deux petites planches, on dirait un cercueil. C'est un bras mort...

PHILOMÈNE

Mais non, mais non... il guérira...

CLARIUS

Au lieu de le mettre dans un trou, ils me l'ont mis en bandoulière... Mais au fond, c'est un bras mort...

Ils arrivent à la ferme.

CHEZ L'ESMÉNARDE

Albin, sur son lit, joue de l'harmonica. Amédée lance des pierres dans les carreaux.

ALBIN

Qu'est-ce que c'est encore?

AMÉDÉE

C'est moi. C'est Médée.

Albin va à la fenêtre.

ALBIN

Ah! Qu'est-ce qu'il y a? Tu l'as vue?

AMÉDÉE

Non, je l'ai pas vue. Ils m'ont pris à la ferme... Je travaille avec eux. Ils sont très malheureux... Mais Angèle n'est plus là.

Amédée entre.

ALBIN

Quel malheur. (*Il revient à son lit.*) Va, je le savais... J'avais guère d'espoir.

Amédée vient à lui. Ils sont tous deux sur le lit.

133

AMÉDÉE

Même... Le valet m'a dit... qu'elle était partie pour l'Amérique.

ALBIN

Tant pis... Tant pis...

AMÉDÉE

Qu'est-ce qu'on va faire?

ALBIN

Je vais rester ici encore une semaine... Pour finir la foulaison... Et puis je partirai, comme je te l'ai dit. (*Un silence; puis à mi-voix, il dit :*) Ceux qui ont les femmes, c'est pas ceux qui les méritent.

Il joue de l'harmonica; puis laisse tomber l'instrument.

AMÉDÉE *(un temps)*

Moi aussi, je vais rester quelque temps là-bas. Parce que leur ferme, ça fait pitié. C'est tout à l'abandon. Il faut que j'y mette un peu d'ordre. Mais toi, pourquoi tu restes pas ici? Tu n'es pas bien? Tu manges mal?

ALBIN

Oh! non... Je mange bien et le travail n'est pas tuant... Seulement, c'est ma maîtresse qui me fait la vie dure... Elle veut tout le temps m'embrasser, et moi ça me plaît pas...

AMÉDÉE *(souriant)*

Oh! elle a toujours été comme ça... Elle s'ennuie, tu comprends... C'est une femme qu'il lui faut beaucoup de... Il lui faut un peu de... Un peu de

134

conversation... (*Intéressé.*) Son mari est ici cette nuit?

ALBIN

Non, il couche dans la colline avec le troupeau...

AMÉDÉE

Tiens... J'ai envie d'aller lui dire bonjour...

ALBIN

Oui, va lui dire bonjour... (*Puis avec un sourire triste, il ajoute :*) Tu es un beau cochon, va...

À LA DOULOIRE

Saturnin tourne la manivelle de la batteuse. Philomène passe portant une tasse bleue. Elle entre dans la cuisine.

CLARIUS

Où il est Amédée, ce fainéant?

PHILOMÈNE

Clarius, ne dis pas qu'il est fainéant... Hier, il a fait du bon travail...

CLARIUS

Et la nuit, qu'est-ce qu'il fait? A cinq heures du matin, il n'était pas là! (*Amédée entre.*) Ah! Monsieur vient de se promener... Monsieur met peut-être des pièges pour nous faire avoir un procès-verbal par les gendarmes?...

AMÉDÉE

Non, patron... Je suis allé jusqu'au village cher-

135

cher du tabac. Je me suis un peu perdu en route...
C'est ça qui m'a mis en retard...

CLARIUS *(sarcastique)*

On lui donne douze francs par jour pour qu'il aille chercher du tabac... Nom de Dieu de saloperie, ils sont tous pareils... C'est tous des cochons...

PHILOMÈNE

Mets-toi là, va, mon garçon. (*Il s'assoit à table.*) Tiens, voilà ton déjeuner. Mange...

AMÉDÉE

Merci.

Il voit la tasse bleue sur la table.

AMÉDÉE

Oh!

PHILOMÈNE

Qu'est-ce que tu as?

AMÉDÉE

Moi? Rien.

Il se lève et sort.
Saturnin est en train de battre. Amédée vient le rejoindre.

AMÉDÉE

Dis donc, dans quoi tu déjeunes, toi, le matin?

SATURNIN

Dans quoi je déjeune?

AMÉDÉE

Oui, dis un peu qu'est-ce que tu prends? Du café au lait dans une tasse?

SATURNIN *(il rit)*

Oh! dis donc, tu me vois, toi, en train de manger du café au lait?... Ah là, là! Non, non, c'est une habitude de jeunesse : je bois un grand verre de vin et je prends une bonne chique. C'est très bon pour l'estomac!

AMÉDÉE

Et le patron, lui, dans quoi il déjeune?

SATURNIN

Lui? Il mange quelque chose de fort, comme qui dirait un oignon sauvage, ou un anchois, ou bien un peu de fromage de cachat...

AMÉDÉE

Et la maman Philomène, elle, c'est dans un grand bol de faïence. (*Brusquement.*) Qui est-ce qui mange dans la tasse bleue, Saturnin?

SATURNIN *(épouvanté)*

Tais-toi, Amédée. Viens, travaillons...

Ils se remettent à la batteuse.

AMÉDÉE

Moi, je vais te dire qui c'est.

SATURNIN

Non, Médée, ne me le dis pas...

AMÉDÉE

C'est Angèle... C'est la fille, elle est ici...

SATURNIN

Pourquoi tu dis ça? Pourquoi tu veux savoir? Tu viens la chercher, dis, peut-être?

AMÉDÉE

Oui, peut-être, je viens la chercher.

SATURNIN

Tu viens de Marseille? Tu viens de Marseille?

AMÉDÉE

Non, Saturnin, je viens pas de Marseille; je viens la chercher; mais pas pour un sale barbeau du Vieux Port, c'est pas pour une bordille pourrie. Moi, c'est pour un de la montagne, un grand qui pense à elle depuis longtemps... Un grand qui la veut... Pourquoi tu veux pas me dire où on la cache?

SATURNIN

D'abord, on la cache pas, Amédée... Elle n'est pas ici... Et puis ne me pose pas de questions... Ecoute, faisons plaisir au patron, Amédée, travaillons...

De gros nuages accourent de l'horizon.

AMÉDÉE

Oh! Saturnin! Regarde un peu qu'est-ce qui vient par là!

Saturnin regarde.

SATURNIN

Oh! là, là! Ça va mal... Ça va mal...

Allez, rentrons le blé... Dépêchons-nous... Tiens, prends le sac.

Ils remplissent le sac rapidement.

LA DOULOIRE
SOUS UNE PLUIE TORRENTIELLE

Le tonnerre gronde.

DANS LA CUISINE

PHILOMÈNE *(qui enveloppe le bras de Clarius)*
Aussi, pourquoi tu sors avec un temps pareil?

CLARIUS
Si j'avais pas rentré le blé, tu crois que ces deux saligauds l'auraient rentré?

Le tonnerre gronde à nouveau.
Angèle et son petit regardent l'eau qui gagne dans la cave. Une pluie torrentielle continue à tomber.
Dans la cuisine. Amédée entre.

AMÉDÉE
Quelle saloperie!

PHILOMÈNE
Oui.

CLARIUS
Tu es allée voir, toi?

AMÉDÉE
Moi?

CLARIUS

Qui te parle à toi? (*A Philomène.*) Tu es allée voir?

PHILOMÈNE

Non, j'y vais.

Elle sort.

AMÉDÉE

Maîtresse, prenez méfiance, la cour est pleine de branches cassées.

On entend Angèle qui appelle : « Maman, maman, maman! »

Dans la cuisine, Philomène revient.

PHILOMÈNE

Clarius, viens vite voir.

CLARIUS

Qu'est-ce qu'il y a?

Il la suit. Amédée veut les suivre. Clarius l'arrête.

CLARIUS

Toi, reste ici.

Il ferme la porte.

AMÉDÉE

Vé, vé, vé...

Il se précipite dans l'escalier, et va regarder par la fenêtre.

DEHORS SOUS L'ORAGE

Clarius ouvre la porte de la cave. Angèle paraît.

CLARIUS *(à Angèle)*
Allez, viens ici.

Angèle sort de la cave avec son enfant dans ses bras. Clarius la suit.

Amédée regarde par la fenêtre.

AMÉDÉE
Ô! Doucette des prés, on dirait l'enfant Jésus!

DEVANT LA FERME ENSOLEILLÉE

Saturnin étrille l'ânesse.

CLARIUS *(à la fenêtre)*
Saturnin!

SATURNIN *(il tressaille)*
C'est moi!

CLARIUS
Regarde en l'air, imbécile! Tiens, voilà dix francs! Va-t'en au village... Tu prendras deux paquets de bougies!

SATURNIN
Mais il en reste encore.

CLARIUS

Tu veux y aller, oui, ou tu veux que je descende?

SATURNIN

J'y vais, Maître, j'y vais de suite!

Il pose l'étrille par terre. Il se penche vers la grande oreille de l'ânesse et il chuchote :

Ecoute, Pétronille, je te finirai en revenant!

Il s'en va.

DEVANT LA FERME

Philomène est en train de laver la vaisselle. Amédée vient la trouver.

PHILOMÈNE

Qu'est-ce que tu veux?

AMÉDÉE

Maîtresse, voilà la foulaison finie, le tout est engrangé et prêt à vendre. Il y a quatre ou cinq jours qui ne servent à rien. Laissez-les-moi. J'ai de la famille, je voudrais bien aller leur dire un petit bonjour...

PHILOMÈNE

C'est pas des mensonges?

AMÉDÉE

Oh! pas des mensonges, mais du vrai! La preuve, je vous laisse tout, je veux même pas ma paye : vous me la donnerez au retour. Ah! Et puis je vous recommande : ne vendez rien avant que je sois là... Le patron est un bon homme; mais il y a des choses à quoi il pense, et qui l'empêchent de bien vendre : alors je ferai les prix moi-même.

PHILOMÈNE

Où ils sont, tes parents?

AMÉDÉE

Du côté de Peypin, là-bas.

PHILOMÈNE

Alors ça va, mon garçon, si c'est comme ça, va, tu peux profiter, mais retourne, c'est moi qui te le demande. Depuis que tu es ici, je revis.

AMÉDÉE

Merci, vous êtes une brave maîtresse. Des maîtresses comme ça, ça fait les bons valets, et puis ça fait aussi les bonnes fermes, aussi, quand rien ne vient se mettre au travers. Au revoir, Maîtresse.

PHILOMÈNE

Au revoir.

Il s'en va.

DEVANT LA FERME ENSOLEILLÉE
Philomène est en train de laver. Clarius sort

CLARIUS

Où il est Amédée?

PHILOMÈNE

Il est parti.

CLARIUS

Et qui c'est qui lui a permis de partir?

PHILOMÈNE

Moi.

CLARIUS

Alors toi, tu donnes des permissions, maintenant?

PHILOMÈNE

Ecoute, Clarius, c'est à cause de la petite. Tu veux pas que personne sache où elle est. Tu as même envoyé Saturnin au village pour pas qu'il voie où tu vas la mettre. Alors pour Amédée, j'ai cru bien faire!

CLARIUS

Qu'il soit parti, bon débarras! Que tu lui aies permis, je m'en fous; mais pourquoi il m'a pas demandé à moi?

PHILOMÈNE

Tu n'étais pas là!

CLARIUS

C'est pas vrai. C'est pas pour ça. C'est parce que je ne suis plus le maître, je suis plus rien, ici. C'est les femmes qui commandent, les sales femmes qui rapportent des bâtards à la maison. (*Il s'éloigne, et se retourne vers Philomène.*) Tiens, tous les trois : toi, ma fille et son bâtard, je devrais vous prendre par le cou et vous foutre dans le puits.

Philomène baisse la tête et pleure.

CLARIUS *(il ouvre la porte de la ferme)*
Angèle. Descends avec ton bâtard! *(Elle sort.)*
Suis-moi.

Elle le suit.

EN BORDURE D'UN CHAMP
Amédée retrouve Albin.

ALBIN
Alors, qu'est-ce qu'il y a?

AMÉDÉE
Ce qu'il y a? Eh bien, ça va.

ALBIN
Ça va, comment?

AMÉDÉE
Ça va... Et ça va bien, parce que ton Angèle, elle
est à la ferme.

ALBIN
Tu lui as parlé?

AMÉDÉE
Non, mais je l'ai vue. Et puis, ne me pose pas de
petites questions. Il faut que je te raconte tout en
plein. Viens avec moi, viens...

Ils s'en vont tous deux.

PRÈS DE LA DOULOIRE

Clarius pleure en regardant la porte du cellier où il vient d'enfermer Angèle.

Dans un champ, Amédée et Albin sont assis dans l'herbe.

ALBIN

Alors, elle est comme ça, enfermée tout le jour et toute la nuit. Il faut que ça soit de méchantes gens!...

AMÉDÉE

Non, non, ce n'est pas de méchantes gens.

ALBIN

Surtout, enfin, qu'il n'y a pas de raison. Elle est revenue... Qui sait où elle est allée?

AMÉDÉE

Oui, il y a une raison. Tu le sais aussi bien que moi : les gens de chez nous sont très fins sur l'amour-propre, et sur la réputation. Une fille qui se dérobe, et encore avec un pignouf de ce genre, ça fait parler, ça fait dresser les index. On dit : « La fille à Barbaroux, tu sais... » Quand elle disparaît pour de bon encore, on reste avec son malheur; seulement, c'est dedans, personne ne le voit; mais quand elle revient? Bien sûr, c'est quand même la fille et surtout pour la mère, et c'est toujours bon les caresses sur sa joue; mais... Mais on dit : « Ce Barbaroux... Les femmes en font ce qu'elles veulent. Tu sais, sa fille, eh bien... » (*Il cligne de l'œil.*) Alors, ces hommes doux, ils sont tous comme ça : on prend le bras de la fille, on lui tord, on la bouscule, on la gifle, et d'un coup de pied au cul on la lance dans une chambre. Un tour de clef, et puis on reste là à se ronger les sangs devant les verrous... Voilà!...

ALBIN

Quand même, quand même... Ils auraient pu l'enfermer pour un jour, pour deux jours, pour une semaine... Mais après? Enfin, il n'y a pas de raison...

AMÉDÉE

Eh oui, il y en a une... Il y en a une...

ALBIN

Il y a quoi?

AMÉDÉE

Eh bien, voilà, ça c'est une chose que j'ai gardée pour la fin, parce que c'est la plus mauvaise à dire... Ecoute : elle est retournée, bien sûr, c'est le principal; mais il faut pas oublier qu'entre-temps, il y a eu le Louis...

ALBIN

Et après?

AMÉDÉE *(embarrassé)*

Et que ce sont des choses qui comptent, ça, et qui laissent des traces...

ALBIN

Et après?

AMÉDÉE *(il hésite)*

Et après, et après... eh bien!... Elle a un petit, voilà...

ALBIN

Ça n'y fait rien. Viens, Amédée. Alors, on va la chercher?

AMÉDÉE

Eh oui, si tu veux, on y va. On part tout de suite... Mais comment on va faire, en arrivant là-bas?

ALBIN

Ça, on va l'étudier en route. Allez, viens, Médée, viens...

Albin part en courant. Amédée a du mal à le suivre.

AMÉDÉE

Pas si vite! Eh! Attends...

On les suit dans la campagne. Puis ils s'arrêtent près des ruines d'une bergerie.

AMÉDÉE

Alors, tu m'attends ici. Je vais là-bas en reconnaissance, tu comprends. Je vais réfléchir. Je fais mon plan, et puis je reviens te chercher. Tu auras patience?

ALBIN

Un peu, mais pas longtemps.

Il part et il rejoint Saturnin derrière la ferme.

SATURNIN

Amédée! Et d'où tu viens?

AMÉDÉE
Je suis été chercher celui de la montagne.

SATURNIN
Et où il est?

AMÉDÉE
Il attend.

SATURNIN
Oh! malheureux! Mais puisqu'on te dit qu'elle est en Amérique!

AMÉDÉE
Dis, c'est la cave que tu appelles l'Amérique?

SATURNIN
Tu l'as vue ici, toi, dans la cave?

AMÉDÉE
Oui, je l'ai vue. Le soir de l'orage, je regardais par la fenêtre... Je l'ai vue avec son petit...

SATURNIN
Médée, tu me fais un mensonge de finesse?

AMÉDÉE
Je te dis que je l'ai vue!

SATURNIN
Alors, c'est le Bon Dieu qui l'a voulu. Mais tu sais, dans la cave elle n'y est plus...

AMÉDÉE
Vaï, elle doit pas être loin!

DANS LA FERME

Amédée entre.

CLARIUS

Ah! voilà le Monsieur! Dis donc, est-ce que tu t'imagines que ça va durer?

AMÉDÉE

Qu'est-ce qui va durer?

CLARIUS

Alors, on te paye pour aller faire la noce?

AMÉDÉE

Qu'est-ce qui vous a demandé de me payer mon jour de congé? J'ai demandé la permission!

Saturnin écoute, dehors, à la porte.

CLARIUS *(violemment)*

A qui? Quand tu as quelque chose à demander, c'est à moi... c'est à moi... tu entends, qu'il faut le demander... Le patron, il n'y en a qu'un ici : c'est moi. On ne demande pas aux femmes!

AMÉDÉE *(presque humble)*

Vaï, ne vous fâchez pas, Patron. J'avais cru...

CLARIUS *(il crie, fou de rage)*

Tu as cru quoi? Dis-le, parle. Qu'est-ce que tu as cru? Tu as cru que c'était les femmes qui commandaient ici? Ah! tu as cru ça, toi? Ah bien, tonnerre de nom de Dieu, je vais te montrer que ce n'est pas les femmes! C'est moi, moi, le patron... Clarius Barbaroux, pas un autre!... Moi, je fais ce que je

150

veux, tu m'entends? Je suis le mari, je suis le père, je suis le maître, tu entends? Tu entends, chemineau?

AMÉDÉE *(indigné)*

Chemineau? A moi?

CLARIUS

Je suis le patron, je donne des ordres. Trouve cette andouille de Saturnin. (*Saturnin hoche la tête, vexé.*) Et allez me chercher du bois à la Pondrane. Tâchez de gagner votre pain, racaille!

Amédée sort.

SATURNIN

Dis rien, Médée. Dis rien. Tu as raison, tu le sais... Viens avec moi, viens... Allons chercher du bois... (*Il met un bras sur l'épaule d'Amédée, et il l'entraîne gentiment.*) Vois-tu, c'est comme une gale qui le ronge, et ça le démange à des endroits où il peut pas se gratter tout seul... Viens, Médée, viens... Allons chercher du bois...

DANS LA CUISINE

PHILOMÈNE

Clarius, calme-toi, je ne te connais plus, ce n'est plus toi, tu fais tort à ta raison, tu fais tort à ton bon sens!...

PRÈS DE LA BERGERIE

Amédée et Saturnin rejoignent Albin.

ALBIN

Alors?

AMÉDÉE

Alors, le vieux est toujours impossible. (*Saturnin approche.*) Tiens, celui-là, c'est Saturnin. Il l'a connue toute petite, ton Angèle. Il l'a portée sur ses épaules, et quand elle est partie, il a eu plus de chagrin que toi.

ALBIN

Merci, Saturnin.

SATURNIN (*stupéfait*)

Merci de quoi?

ALBIN

De ce que tu as fait pour elle!

SATURNIN (*perplexe*)

Tu me dis merci comme si elle était à toi!

ALBIN (*qui sourit*)

Mais oui, elle est à moi.

SATURNIN (*inquiet, à Amédée*)

Oui, il est fada?

AMÉDÉE

Non, non...

SATURNIN (*inquiet*)

C'est lui, celui de la montagne?

ALBIN

Oui, c'est moi!

SATURNIN

Oh! j'ai pas confiance!

AMÉDÉE

Pourquoi?

SATURNIN

Il a l'air fada.

AMÉDÉE

Tais-toi, allons, ça va. Parlons de l'affaire. J'ai pas
pu présenter la demande : le Clarius m'a jeté dehors.
Alors qu'est-ce qu'on fait?

SATURNIN

Ça dépend. (*A Albin.*) C'est vraiment pour le
mariage que tu la veux?

ALBIN

Oui, c'est pour le mariage.

SATURNIN

Alors, c'est du bon. Mais le petit, tu le prends
aussi?

ALBIN

Mais oui, je le prends.

SATURNIN

Il a l'air bête, mais il parle bien. Ça, c'est du bon.
Eh bien, moi, je vois la chose bien simple. Si cet
Albin la veut, il faut qu'il la demande.

AMÉDÉE

Qu'il la demande? A qui?

SATURNIN

Au père. C'est comme ça qu'on fait. Moi, je ne l'ai pas fait. Mais si j'avais voulu me marier avec une femme, moi j'aurais demandé au père.

ALBIN

Oui. Mais il faudrait d'abord lui demander à elle. Il faut que je lui parle.

SATURNIN

A elle?

ALBIN

A elle.

AMÉDÉE

Mais on ne sait pas où elle est?

SATURNIN

Moi, franchement, j'en sais plus rien. Après l'orage, il l'avait mise dans sa chambre. Puis, hier matin, il m'a envoyé au village et, pendant ce temps-là, elle a disparu.

ALBIN

Tâchez de la trouver. Et si vous la trouvez pas, moi je la trouverai.

AMÉDÉE

Mais comment tu la trouveras?

ALBIN *(il montre son harmonica)*
Avec ça. Cette nuit. Avec ça, je la trouverai...

SATURNIN

Il est fada, peuchère! J'ai pas confiance...

DANS LA CHAMBRE

Philomène fait sa prière. Clarius est couché.

CLARIUS

C'est ça, fais-lui ta prière, au Bon Dieu. Remercie-le du bonheur qu'il nous a donné et de tout ce qu'il a fait pour notre fille!...

PHILOMÈNE

Clarius, ne désespère pas, on ne le comprend pas, ce qu'il veut faire! Toi, tu es qu'un paysan, tu ne sais rien, tu as le droit de rien dire... Lui, ce qu'il fait, il sait pourquoi... Pour nous, ça a mal commencé, Clarius; mais peut-être qu'à la fin ce sera bon...

DANS LA NUIT

Albin joue de l'harmonica devant la porte de la maison.

DANS LA CHAMBRE

CLARIUS

Tu n'entends rien... Tu n'entends pas une musique?

PHILOMÈNE *(elle écoute)*

Non, c'est le vent, Clarius... Ou alors, c'est la fièvre de ton bras...

CLARIUS

Eteins.

Elle souffle la lampe.

DANS LA NUIT

Albin continue à jouer de l'harmonica.

DANS LE VIEUX FOUR OÙ COUCHE AMÉDÉE

SATURNIN

Dis donc, Amédée, tu entends?

AMÉDÉE

Oui.

SATURNIN

C'est lui qui fait cette musique?

AMÉDÉE

Oui.

SATURNIN

Ça semble l'église... Si le maître l'entend...

AMÉDÉE

Oui!

SATURNIN

Il est fada?

AMÉDÉE

J'en ai peur. Ecoute, je vais un peu voir ce qui se passe.

DEVANT LA PORTE DU CELLIER

Albin est assis. Angèle frappe.

ALBIN *(à voix basse)*

Qui frappe?

ANGÈLE

C'est moi, la fille de la ferme... Angèle... Je suis enfermée...

Albin se tait. Il aspire l'air de la nuit, puis il murmure.

ALBIN

Ah! C'est vous! Je vous ai trouvée!... C'est pour vous que je viens...

ANGÈLE

Je sais... Je vous connais...

ALBIN

Vous me connaissez? Comment?

ANGÈLE

C'est vous qui jouiez de l'harmonica, un soir, à la terrasse du café...

ALBIN

Oui, et c'est la première fois que je vous ai vue.

ANGÈLE

Et puis c'est vous qui êtes venu me parler le soir que je suis partie...

ALBIN *(étonné)*

Je suis venu?

ANGÈLE

Oui, vous êtes venu, et je vous ai dit : « C'est trop tard. » C'était pas vous?

ALBIN

Oui, demoiselle, c'était moi... Mais j'étais malade, je ne savais plus... J'avais cru que c'était un rêve. Ainsi, c'était donc vrai? Vous avez pleuré sur ma main?

ANGÈLE

Oui, c'est vrai... Et depuis, du fond de ma misère, j'y ai pensé souvent... Ah! si je vous avais écouté! Si j'avais su!

ALBIN

Demoiselle, vous savez, maintenant...

ANGÈLE

Oui, je sais... Mais c'est trop tard...

ALBIN

Comme l'autre fois? Alors, ce sera toujours trop tard?

Un temps.

ANGÈLE

Qu'est-ce que vous voulez?

ALBIN

La même chose, tout pareil. Moi, je veux toujours. Et vous?

ANGÈLE

Moi, je ne peux plus, maintenant.

ALBIN

Pourquoi?

ANGÈLE

Parce que j'ai changé... Je ne suis plus la même...
Vous, vous m'avez connue avant... Ça me ferait de la
peine de vous faire voir ce que je suis devenue...
Parce que ça se voit... Ça se voit tout clair...

ALBIN

Demoiselle, vous vous faites des imaginations...
Moi, je vous dis : « Je vous aime. » Pour moi, vous
resterez toujours pareille, comme au premier soir que
je vous ai vue...

Un temps.

ANGÈLE

Ecoutez : ce que vous m'aviez dit sur le Louis,
c'était vrai...

ALBIN

Je sais... Je sais...

ANGÈLE

Il m'a vendue à tout le monde. Aux uns et aux
autres...

ALBIN

Je sais, demoiselle, je sais...

ANGÈLE

J'ai appelé des hommes dans la rue. Je me fais
honte de mon corps... Quand ma mère vient me
porter à manger, je n'ose plus lui dire : « Je veux
t'embrasser. » Je me sens toute sale... Je suis la

dernière de toutes : j'ai vendu ma peau pour gagner
des sous...

ALBIN

Je sais, demoiselle... Ne pleurez pas...

ANGÈLE

Il faut le dire parce que c'est juste... (*Un temps.*)
Albin, j'ai un petit...

ALBIN

Je sais, demoiselle. Je sais. Continuez, demoiselle,
sans vous commander...

ANGÈLE

Cet enfant, je ne sais pas qui est son père. Il n'est à
personne...

ALBIN

Il est à vous, ça me suffit... Et puis, vous me le
dites d'un seul coup... Ça, c'est beaucoup... Je le
savais déjà, demoiselle. Quand on me l'a dit, je me
suis pensé : « Il ne faut rien lui demander; elle le dira
elle-même, parce qu'elle est franche. » Et voyez, je ne
m'étais pas trompé... Angèle, vous êtes la fine fleur,
et je le savais depuis longtemps... Depuis le moment
où vous avez arrêté le mulet devant moi... Il n'y
avait qu'à voir comment vous meniez la bête... On ne
peut pas être d'une sorte avec les bêtes, et d'une
autre avec les gens... Ecoutez, demoiselle, ce n'est
pas tout de votre faute... Après tout, vous n'êtes
qu'une femme... C'est tendre, une femme... et ça suit
son homme, et votre homme n'était pas bon... Et
puis, vous êtes allée à la ville : il n'y a rien de bon
dans les villes... Ecoutez, demoiselle, une nuit je
passai au bord du canal de Marseille : j'ai trempé ma

160

main dans l'eau. C'était une eau tiède, lourde, lente...
Ça se taisait, ça n'allait pas vite, c'était plein de
petites mousses en travail... Tandis que chez moi,
là-haut sur la montagne, si vous mettez la main dans
le ruisseau, c'est une eau pure, une eau vive et glacée,
une eau qui vous pousse la main... Venez avec moi,
demoiselle...

ANGÈLE

Ne me dites rien, Albin... C'est plus terrible quand
vous me parlez... Parce que ma honte, j'y étais
habituée... Ici, je suis enfermée avec elle... Mon corps
et ma vie, tout ça n'était plus rien... Je ne pensais
plus qu'à mon fils. Tandis que maintenant...

Parce que je vous aime... Je vous aime d'amour...
Moi aussi, quand je vous ai vu, je vous ai aimé; mais
je ne savais pas... Et puis maintenant que je sais,
maintenant que je vous écoute, je sais que c'est vous
qui étiez mon homme... Et aujourd'hui que je vous
trouve, je n'ai plus rien à vous donner...

ALBIN

Ne pleurez pas, demoiselle, ne pleurez pas... Pour
moi, vous êtes la plus belle et la plus malheureuse...
Alors, je vous veux... Et vous?

AMÉDÉE

Ah! Je voudrais bien... maintenant... Je voudrais
bien... Mais qu'est-ce qu'il faut faire?

ALBIN

Tenez, demoiselle, sous la porte je vais vous faire
passer mon couteau. Il y a une lame qui fait tournevis. Avec ça, vous pourrez dévisser la serrure. Vous
saurez le faire?

ANGÈLE

Je vais essayer!...

AMÉDÉE *(qui arrive vers eux)*

Albin, qu'est-ce que tu fais là?

ALBIN

Je l'attends, elle va sortir.

AMÉDÉE

Elle est là-dedans?

ALBIN

Oui, elle y est avec l'enfant... Je lui ai parlé... Elle sort, elle vient avec moi...

AMÉDÉE

Elle veut bien?

ALBIN

Oui...

AMÉDÉE *(tout ému)*

Ça alors!

ALBIN

Quoi?

AMÉDÉE

Je me sens couillon comme un toupin... Ça, c'est trop beau... Il y a de quoi se taper le cul dans un seau.

On entend le tournevis qui grince.

ALBIN

Ça avance, demoiselle?

ANGÈLE

C'est presque fini...

La porte s'ouvre. Elle paraît. Elle fait un pas vers Albin, qui la prend dans ses bras et l'embrasse.

DANS LA FERME

Saturnin est tout seul. Il voit descendre son maître et a l'air effrayé. Clarius prend son fusil au mur.

SATURNIN

Aïe, aïe, aïe, ma mère, aïe, aïe, aïe.

CLARIUS

Qu'est-ce que tu fais?

SATURNIN

Rien, je réfléchissais... Je pensais...

CLARIUS

Fais bien attention... Tu as mangé mon pain... Si tu m'as trahi, tu verras...

SATURNIN

Maître...

Clarius le repousse rudement, sort et ferme à clef. Saturnin se mord les doigts frénétiquement.

DERRIÈRE LA FERME

Albin range le bébé dans la corbeille avec des feuilles de figuier.

AMÉDÉE

Quelqu'un vient d'ouvrir la porte. Le père s'est peut-être levé, dépêchez-vous... Nous sommes foutus...

ANGÈLE

Mon Dieu...

AMÉDÉE

Filez par là... Je vous rejoins; s'il est sorti, il va me questionner, ça lui fait perdre cinq minutes... Vite, vite... Je vous rejoins...

Albin et Angèle s'en vont, portant le panier.

Clarius devant la ferme avec le fusil à la main. Il se cache. Amédée lui saute dessus.

AMÉDÉE

Qu'est-ce que vous allez faire? Vous êtes fou?

CLARIUS

Salaud!

Ils se battent. Clarius tombe.

AMÉDÉE

On ne va pas te la tuer, ta fille. C'est un honnête garçon qui veut se la marier...

CLARIUS

Tue-moi, salaud!

AMÉDÉE

Moi, que je te tue... Tiens, tu n'es qu'un couillon, Clarius.

Il décharge le fusil et s'en va.

164

DANS LA COLLINE

Angèle, Albin et le bébé dans le couffin. Ils marchent. Amédée arrive en courant derrière eux.

ALBIN

Alors?

AMÉDÉE

Il voulait vous courir après avec le fusil... Je l'ai empêché.

ANGÈLE

Vous vous êtes battus?

AMÉDÉE

Non, demoiselle, pas précisément. Avec son bras malade, il n'était pas luttable... Je lui ai seulement pris les cartouches et voilà tout... Y a pas de mal... Eh bien, mes enfants, si on faisait la posette?

ANGÈLE

Oh! oui, j'ai mal aux jambes de marcher. Je n'avais plus l'habitude...

ALBIN

Ma pauvre...

ANGÈLE

Et encore, je m'appuie sur toi... Oh!... J'ai dit « tu »...

ALBIN

Merci, ma belle...

DEVANT LA FERME

Clarius, sombre et rageur, est assis, Philomène refait le pansement de son bras.

SATURNIN
Maître, je ne savais pas qu'il voulait l'emmener... Maître, je croyais qu'il allait te la demander...

CLARIUS
Attelle le mulet...

PHILOMÈNE
Pour quoi faire?

CLARIUS
Si je les rattrape, je les tue... Attelle le mulet, nom de Dieu!...

SATURNIN
Non, je ne veux pas... Non, je ne veux pas...

Il part en courant.

PHILOMÈNE
Clarius... Clarius...

CLARIUS
Je l'attellerai tout seul...

Philomène le suit.

PHILOMÈNE
Clarius, Clarius!...

166

LA ROUTE DANS LA COLLINE

Albin s'arrête.

AMÉDÉE

Albin!...

ALBIN

Quoi?

AMÉDÉE

Mon pauvre gars, c'est à refaire... Ecoute, un beau travail, ça ne commence pas par une crapulerie.

ALBIN

Oui, et puis?

AMÉDÉE

Et puis voilà... C'est tout...

ALBIN

Si tu dis ça pour moi, tu dis ce que je pense. Si j'ai attendu que tu parles le premier, c'est à cause d'elle, tu comprends? Tu sais, toi, comme j'ai langui d'elle. Et maintenant, c'est un matin, et me voilà en face de la bonne route avec ce beau soleil bien clair... Et je l'ai, elle, dans mes bras. Ça excuse beaucoup de choses... Alors, tu veux que je redescende pour la demander à son père?

AMÉDÉE

Il le faut, mon vieux... C'est une chose qui se doit.

ALBIN

Je pense comme toi, Médée; mais je ne suis pas seul. (*A Angèle.*) Et toi, qu'est-ce que tu dis?

ANGÈLE

Je ferai comme tu voudras... Si nous y allons pas, j'y penserai toujours... Je voudrais tant qu'il embrasse mon fils une fois, une seule fois. Je suis sûre que ça lui porterait bonheur...

ALBIN

Alors, c'est d'accord, ma femme, on retourne.

AMÉDÉE

Réfléchis bien. Si c'est pour mon estime que tu le fais, n'y va pas...

ALBIN

Non... C'est pour la mienne d'estime...

AMÉDÉE

Il y a encore une chose, quand nous serons tous les trois devant la ferme : il y a encore le fusil de Clarius... Ça, il faut y compter.

ANGÈLE

C'est sûr...

ALBIN

Allons, c'est quand même demi-tour.

Ils redescendent le chemin.

DANS LA COUR DE LA FERME

Clarius, tout seul, attelle le mulet.

Philomène s'avance, timide, pour lui parler.
Saturnin est caché derrière un arbre.

PHILOMÈNE

Mais puisqu'ils ne reviendront plus... Puisque c'est un honnête garçon...

CLARIUS

Si je les retrouve, je les descends... Aussi vrai que je m'appelle Clarius...

Soudain il lève la tête. On les voit au loin qui s'avancent tous les trois. Clarius bondit sur son fusil. Il va vers eux, tous trois marchent vers lui. A quelques pas de lui, ils s'arrêtent. Albin s'avance vers Clarius. Il a l'enfant dans les bras. – Philomène, à côté de Clarius, prie à haute voix.

ALBIN

Maître, je voudrais vous parler...

Clarius abaisse son fusil.

CLARIUS

Qui es-tu?

ALBIN

Je suis un de Baumugnes... Mon père c'était Lionel; ma mère c'est Marie. Nous ne sommes pas riches, c'est vrai! mais j'ai de la terre au bord du plateau. Si je la tracasse un peu, elle nous donnera du pain et des fleurs.

CLARIUS

Tu es d'une famille honnête?

ALBIN

Comme toutes celles de Baumugnes.

CLARIUS

Et tu veux ma fille?

ALBIN

Oui, je vous la demande pour femme.

CLARIUS

Viens avec moi, garçon.

Angèle s'est approchée. Albin lui donne l'enfant.

LA CUISINE

Clarius entre. Il va poser son fusil près de la pendule.

CLARIUS

Garçon, tu demandes ma fille, mais moi je ne peux pas te la donner. Nous ne sommes plus une famille propre. Nous avons perdu l'honneur. La dernière chose qui nous reste, c'est de ne pas vouloir salir les autres : tu me comprends?

ALBIN

Vous dites de belles paroles, et c'est bien celles qu'il fallait dire. Maintenant, je vous dis : je la veux quand même.

CLARIUS

Cet enfant que tu portais, tu le sais qu'il n'a pas de père?

ALBIN

C'est pour ça qu'il lui en faut un.

CLARIUS

Et toi, toute la vie, dans ta maison, tu verras grandir l'étranger?

ALBIN

Qu'il grandisse. Il aura des frères et des sœurs. Quand nous aurons fini de faire les nôtres, celui-là on ne saura même plus lequel c'est!

CLARIUS

Garçon, je t'ai tout dit... Tu la veux toujours?

ALBIN

Oui.

CLARIUS

Eh bien, garçon, si tu la veux, tu peux la prendre; moi je n'ai pas le droit de te la donner.

ALBIN

C'est de vous que je veux l'avoir, Maître. Donnez-moi votre fille.

CLARIUS

J'avais une fille; mais je l'ai perdue.

ALBIN

Si je la demande, je vous l'ai rendue.

CLARIUS

Albin, tu es jeune... écoute-moi... Tout le monde rira de toi.

ALBIN

Ceux qui voudront rire de moi n'auront qu'à bien se cacher. Maître, donnez-la-moi!

CLARIUS

Puisque je te dis de la prendre pendant que je tourne le dos. Pourquoi veux-tu que je consente. Je ne peux pas, je ne veux pas...

ALBIN

Pourquoi?

CLARIUS

Si tu étais mon fils et si tu voulais comme femme une fille comme celle-là, je dirais non. Et tu veux que je te la donne? Ce serait un crime contre ton père. Il est mort, ton père?

ALBIN

Oui, il est parti. S'il était encore au soleil, je lui amènerais Angèle sur la porte, et je lui dirais : « La voici. Elle a fait ceci; elle a fait cela; elle a fait le mal; mais ce n'était pas par plaisir. Ce n'était pas pour elle-même. Et puis, elle a souffert, elle est pardonnée. » Et il la prendrait par la main et il la ferait asseoir près de la cheminée, et il lui donnerait les trois clefs : la clef de la porte, la clef de la cave et la plus petite des trois, celle de l'armoire où on met les draps. Allons, Maître, réfléchissez. Elle a fait le mal, oui, c'est vrai. Qu'est-ce qu'il en reste aujourd'hui? Un petit enfant qui dort en riant! Il en reste aussi autre chose : il en reste que nous le savons. Oublions sa faute; il n'y en a plus...

CLARIUS

Oh! ça, ça serait trop facile. Tout le monde peut faire le mal et personne ne sera puni?

ALBIN

Ce n'est pas à nous de punir les autres. Qui vous êtes, vous, pour juger? Elle a mal fait; mais vous, vous avez fait plus mal encore.

CLARIUS

Moi?

ALBIN

Il faut avoir le cœur gâté pour enfermer dans une cave un petit enfant!

CLARIUS

Ce n'est pas un enfant, c'est un bâtard.

ALBIN

Qu'il le soit pour tout le monde; mais s'il est bâtard pour son grand-père, c'est le grand-père qui est bâtard.

CLARIUS

Tu le penses, ce que tu dis? Mais malheureux, tu ne sais pas que ce petit, je n'ai jamais voulu le regarder?

DEHORS

Angèle, Philomène, Saturnin, Amédée et l'enfant.

ANGÈLE

Maman, qu'est-ce qu'il faut faire?

PHILOMÈNE
Avoir patience. Il va réfléchir.

SATURNIN
A quoi ça sert de réfléchir, à quoi ça sert, je vous le demande?

AMÉDÉE
Ça, c'est la fierté qui veut ça. Moi, cet homme, je le comprends. Mais si j'étais que vous je partirais. On a fait ce qu'il fallait faire.

ANGÈLE
Il n'a même pas regardé l'enfant.

DEVANT LA CHEMINÉE DE LA CUISINE
Albin et Clarius.

CLARIUS
Et un matin, à la place d'Angèle, il ne reste plus qu'un bout de papier : le voilà. C'est la lettre qu'elle a laissée... Et un autre jour, la voilà qui revient, et elle rapporte un enfant, un de ceux qu'on ne peut pas faire voir à personne. Alors, mon pauvre Albin, je me suis senti que je devenais tout sale et tout noir... Il m'a semblé que j'étais plein de boue, comme quand on vient de curer le puits. Je ne suis plus allé jusqu'au village et je n'ai plus bêché la terre parce qu'elle était plus propre que moi.

ALBIN
Maître, donnez-moi cette lettre. (*Il la lui donne et Albin la jette au feu.*) La voilà qui brûle.

Saturnin regarde du dehors, par la fenêtre.

SATURNIN
Angèle, ça y est, ça y est... viens.

Angèle entre.

ALBIN
Angèle, viens ici. Nous allons faire comme si c'était avant.

CLARIUS
Ah! si c'était possible!

ALBIN
C'est si facile... Vous allez voir. (*A Angèle.*) Donne-moi la main... Maître Clarius Barbaroux, j'ai vu votre fille, un soir, au village, et depuis j'en suis amoureux. Je lui ai parlé et nous sommes d'accord... Je viens vous la demander.

CLARIUS
Angèle, tu as entendu? Tu le veux, toi, ce garçon?

ANGÈLE
Je ferai ce que vous direz...

CLARIUS
Bon. Alors, il faut demander à la mère... (*Il appelle.*) Philomène!

Philomène entre.

CLARIUS *(à Albin)*
Assieds-toi, mon garçon. Allez, donne-moi ça, viens. (*Il prend l'enfant dans ses bras.*) (*A Philomène.*)

Voilà un garçon qui demande notre fille, qu'est-ce que tu en dis?

PHILOMÈNE

Clarius, tu as pardonné?

CLARIUS

Ah! s'il vous plaît... Commence pas... Il y a rien à pardonner, parce qu'il faudrait pardonner trop de monde, et peut-être moi le premier...

SATURNIN

Ah! bravo, bravo.

CLARIUS

Tiens, voilà ce fada... Saturnin, attrape deux poulets. Invite-les à dîner avec nous ce soir... (*A Philomène.*) Assez de larmes, Philomène, c'est compris?... Elle a payé, puisqu'il est venu. Donne-nous à boire...

CLARIUS *(à Angèle)*

Angèle, donne-moi ma pipe, va... (*A Albin.*) Et toi, mon fils... Dis-moi un peu comment il est ton pays?

ALBIN

C'est un plateau, là-haut sur la colline... Il y a partout de l'herbe et des amandiers... Des ruisseaux d'eau claire.

CLARIUS

Ça, c'est de la chance... Voilà ce qui nous manque ici... (*A Angèle.*) Merci, petite. Assieds-toi à ta place... (*A Albin.*) Et du blé, vous en faites pas?

176

ALBIN

Oui, on en fait, parce qu'il en faut. Mais il n'est pas si beau que le blé de la plaine.

CLARIUS

Naturellement... ça.

ALBIN

Non, c'est surtout des prés, des arbres et des fleurs...

DEHORS

Amédée est sur le perron. Il a sa besace à l'épaule. Saturnin arrive en courant; il court après un poulet.

AMÉDÉE

Oh! Saturnin, qu'est-ce qui t'arrive?

SATURNIN

Ben, tu vois, je cours après les poulets. J'en ai attrapé un, mais l'autre y a pas moyen... Et toi, tu pars, Amédée?

AMÉDÉE

Maintenant, tout est arrangé. Moi, je n'ai plus rien à faire ici... Je vais prendre la route comme avant...

SATURNIN

Ça va leur faire de la peine à tous...

AMÉDÉE

Oh! ici, ils ont de quoi s'occuper, je crois... Si la saison prochaine je suis en chômage, ce qui est

possible, alors peut-être je monterai jusqu'à Baumugnes, leur dire un petit bonjour, comme ça, pour
l'amitié... Tu diras... Enfin, tu diras à tous que je les
aime bien... Adieu, Saturnin...

Amédée s'en va.

*Contre le ciel sur la colline, Angèle et Albin, de dos,
s'en vont en se tenant par la taille.*

VIE DE MARCEL PAGNOL

Marcel Pagnol est né le 28 février 1895 à Aubagne.

Son père, Joseph, né en 1869, était instituteur, et sa mère, Augustine Lansot, née en 1873, couturière.

Ils se marièrent en 1889.

1898 : naissance du Petit Paul, son frère.

1902 : naissance de Germaine, sa sœur.

C'est en 1903 que Marcel passe ses premières vacances à La Treille, non loin d'Aubagne.

1904 : son père est nommé à Marseille, où la famille s'installe.

1909 : naissance de René, le « petit frère ».

1910 : décès d'Augustine.

Marcel fera toutes ses études secondaires à Marseille, au lycée Thiers. Il les terminera par une licence ès lettres (anglais) à l'Université d'Aix-en-Provence.

Avec quelques condisciples il a fondé *Fortunio*, revue littéraire qui deviendra *Les Cahiers du Sud*.

En 1915 il est nommé professeur adjoint à Tarascon.

Après avoir enseigné dans divers établissements scolaires à Pamiers puis Aix, il sera professeur adjoint et répétiteur d'externat à Marseille, de 1920 à 1922.

En 1923 il est nommé à Paris au lycée Condorcet.

Il écrit des pièces de théâtre : *Les Marchands de gloire* (avec Paul Nivoix), puis *Jazz* qui sera son premier succès (Monte-Carlo, puis Théâtre des Arts, Paris, 1926).

Mais c'est en 1928 avec la création de *Topaze* (Variétés) qu'il devient célèbre en quelques semaines et commence véritablement sa carrière d'auteur dramatique.

Presque aussitôt ce sera *Marius* (Théâtre de Paris, 1929), autre gros succès pour lequel il a fait, pour la première fois, appel à Raimu qui sera l'inoubliable César de la Trilogie.

Raimu restera jusqu'à sa mort (1946) son ami et comédien préféré.

1931 : Sir Alexander Korda tourne *Marius* en collaboration avec Marcel Pagnol. Pour Marcel Pagnol, ce premier film coïncide avec le début du cinéma parlant et celui de sa longue carrière cinématographique, qui se terminera en 1954 avec *Les Lettres de mon moulin*.

Il aura signé 21 films entre 1931 et 1954.

En 1945 il épouse Jacqueline Bouvier à qui il confiera plusieurs rôles et notamment celui de Manon des Sources (1952).

En 1946 il est élu à l'Académie française. La même année, naissance de son fils Frédéric.

En 1955 *Judas* est créé au Théâtre de Paris.

En 1956 *Fabien* aux Bouffes Parisiens.

En 1957 publication des deux premiers tomes des *Souvenirs d'enfance* : *La Gloire de mon père* et *Le Château de ma mère*.

En 1960 : troisième volume des *Souvenirs* : *Le Temps des secrets*.

En 1963 : *L'Eau des collines* composé de *Jean de Florette* et *Manon des Sources*.

Enfin en 1964 *Le Masque de fer*.

Le 18 avril 1974 Marcel Pagnol meurt à Paris.

En 1977, publication posthume du quatrième tome des *Souvenirs d'enfance* : *Le Temps des amours*.

BIBLIOGRAPHIE

1926. *Les Marchands de gloire*. En collaboration avec Paul Nivoix, Paris, L'Illustration.

1927. *Jazz*. Pièce en 4 actes, Paris, L'Illustration. Fasquelle, 1954.

1931. *Topaze*. Pièce en 4 actes, Paris, Fasquelle.
Marius. Pièce en 4 actes et 6 tableaux, Paris, Fasquelle.

1932. *Fanny*. Pièce en 3 actes et 4 tableaux, Paris, Fasquelle.
Pirouettes. Paris, Fasquelle (Bibliothèque Charpentier).

1933. *Jofroi*. Film de Marcel Pagnol d'après *Jofroi de la Maussan* de Jean Giono.

1935. *Merlusse*. Texte original préparé pour l'écran, Petite Illustration, Paris. Fasquelle, 1936.

1936. *Cigalon*. Paris, Fasquelle (précédé de *Merlusse*).

1937. *César*. Comédie en deux parties et dix tableaux, Paris, Fasquelle.
Regain. Film de Marcel Pagnol d'après le roman de Jean Giono (Collection « Les films qu'on peut lire »). Paris-Marseille, Marcel Pagnol.

1938. *La Femme du boulanger*. Film de Marcel Pagnol d'après un conte de Jean Giono, « Jean le bleu ». Paris-Marseille, Marcel Pagnol. Fasquelle, 1959.
Le Schpountz. Collection « Les films qu'on peut lire », Paris-Marseille, Marcel Pagnol. Fasquelle, 1959.

1941. *La Fille du puisatier*. Film, Paris, Fasquelle.

1946. *Le Premier Amour*. Paris, Editions de la Renaissance. Illustrations de Pierre Lafaux.

1947. *Notes sur le rire*. Paris, Nagel.
      Discours de réception à l'Académie française, le 27 mars 1947. Paris, Fasquelle.
1948. *La Belle Meunière*. Scénario et dialogues sur des mélodies de Franz Schubert (Collection « Les maîtres du cinéma »), Paris, Editions Self.
1949. *Critique des critiques*. Paris, Nagel.
1953. *Angèle*. Paris, Fasquelle.
      Manon des Sources. Production de Monte-Carlo.
1954. *Trois lettres de mon moulin*. Adaptation et dialogues du film d'après l'œuvre d'Alphonse Daudet, Paris, Flammarion.
1955. *Judas*. Pièce en 5 actes, Monte-Carlo, Pastorelly.
1956. *Fabien*. Comédie en 4 actes, Paris, Théâtre 2, avenue Matignon.
1957. *Souvenirs d'enfance*. Tome I : La Gloire de mon Père. Tome II : Le Château de ma mère. Monte-Carlo, Pastorelly.
1959. *Discours de réception de Marcel Achard à l'Académie française et réponse de Marcel Pagnol,* 3 décembre 1959, Paris, Firmin Didot.
1960. *Souvenirs d'enfance*. Tome III : Le Temps des secrets. Monte-Carlo, Pastorelly.
1963. *L'Eau des collines*. Tome I : Jean de Florette. Tome II : Manon des Sources, Paris, Editions de Provence.
1964. *Le Masque de fer*. Paris, Editions de Provence.
1970. *La Prière aux étoiles, Catulle, Cinématurgie de Paris, Jofroi, Naïs*. Paris, Œuvres complètes, Club de l'Honnête Homme.
1973. *Le Secret du Masque de fer*. Paris, Editions de Provence.
1977. *Le Rosier de Madame Husson, Les Secrets de Dieu*. Paris, Œuvres complètes, Club de l'Honnête Homme.
1977. *Le Temps des amours*, souvenirs d'enfance, Paris, Julliard.
1981. *Confidences*. Paris, Julliard.
1984. *La Petite Fille aux yeux sombres*. Paris, Julliard.

Les œuvres de Marcel Pagnol sont publiées dans la collection de poche « Fortunio » aux éditions de Fallois.

Traductions

1947. William Shakespeare, *Hamlet*. Traduction et pré-
face de Marcel Pagnol, Paris, Nagel.
1958. Virgile, *Les Bucoliques*. Traduction en vers et notes de
Marcel Pagnol, Paris, Grasset.
1970. William Shakespeare, *Le Songe d'une nuit d'été*. Paris,
Œuvres complètes, Club de l'Honnête Homme.

FILMOGRAPHIE

1931 – MARIUS (réalisation A. Korda-Pagnol).
1932 – TOPAZE (réalisation Louis Gasnier).
       FANNY (réalisation Marc Allegret, supervisé par Marcel
       Pagnol).
1933 – JOFROI (d'après *Jofroi de la Maussan* : J. Giono).
1934 – ANGÈLE (d'après *Un de Baumugnes* : J. Giono).
       L'ARTICLE 330 (d'après Courteline).
1935 – MERLUSSE.
       CIGALON.
1936 – TOPAZE (deuxième version).
       CÉSAR.
1937 – REGAIN (d'après J. Giono).
1937-1938 – LE SCHPOUNTZ.
1938 – LA FEMME DU BOULANGER (d'après J. Giono).
1940 – LA FILLE DU PUISATIER.
1941 – LA PRIÈRE AUX ÉTOILES (inachevé).
1945 – NAÏS (adaptation et dialogues d'après E. Zola, réalisa-
       tion de Raymond Leboursier, supervisé par Marcel
       Pagnol).
1948 – LA BELLE MEUNIÈRE (couleur Roux Color).
1950 – LE ROSIER DE MADAME HUSSON (adaptation et
       dialogues d'après Guy de Maupassant, réalisation Jean
       Boyer).
       TOPAZE (troisième version).
1952 – MANON DES SOURCES.
1953 – CARNAVAL (adaptation et dialogues d'après E. Mazaud,
       réalisation : Henri Verneuil).
1953-1954 – LES LETTRES DE MON MOULIN (d'après
       A. Daudet).
1967 – LE CURÉ DE CUCUGNAN (moyen métrage d'après
       A. Daudet).

IMPRIMÉ EN FRANCE PAR BRODARD ET TAUPIN
Usine de La Flèche (Sarthe), le 19-04-1989.
6456A-5 - Nᵒ d'Éditeur 41, dépôt légal : mai 1989.

ÉDITIONS DE FALLOIS - 22, rue La Boétie - 75008 Paris
Tél. 42.66.91.95